해몽전파사

해몽전파사

신해욱 소설

차례

1장

해몽전파사는 왕십리에 있다. 서울 성동구 무학봉 17길 15. 무학초등학교에서 행당시장 방면으로 오분쯤 걷다보면 골목이 갈라지는 완만한 경사 길이 나온다. 그 길목의 자투리땅에 세모꼴로 지어진 이층 건물이 있다. 오래 손보지 않은 건물이라 외벽의 치장 벽돌은 절반 이상 떨어져 나갔다. 일층 간판의 '몽'자는 'ㅁ'이 한쪽으로 삐뚜름하게 기울어 있는데 그 모양이 묘하게도 고개를 갸웃거리는 것 같은 인상을 준다. 가게 안에 불이 켜지는 일은 거의 없다. 유심히 살펴야만 무질서하게 쌓인 구형 라디오, 브라운관, 오디오, 컴퓨터 본체 같은 고물 전자기기들이 눈에 들어온다.

내가 해몽전파사를 처음 기웃거린 것은 삼년 전 어느 비 오던 날이었다. 일터인 보습학원과 집을 오가는 길에 있는 터라 자주 지나다니기는 했지만 내부는 어둡고 문은 늘 닫혀 있어 짐짓 철거가 예정된 폐건물이려니 했던 곳이다. 그날 내 가방에는 망가진 헤어드라이어가 들어 있었다. 친구와 약속이 있어 외출하는 김에 수리를 맡겨보자고 들고 나왔는데, 그날따라 일진은 엉망이었고 날씨는 유난히 음침했다. 약속 장소였던 카페는 하필 내부 공사 중이었다. 사람들에 치이며 번화가를 헤매는 사이 우산살은 나갔고, 운동화는 젖었고, 친구와는 끝내 말다툼을 했으며, 아침에 말리지 못한 머리는 초저녁이 지나도록 다 마르지 않은 채로 하루가 저물고 있었다.

비가 온다. 오누나. 오는 비는 올지라도 한 닷새 오면…… 지겹지. 김소월의 왕십리는 어땠으려나. 후텁지근하고 눅눅한 공기가 셔츠를 뚫고 살갗에 달라붙었다. 나는 녹초가 된데다 뱃속으로는 오뉴월 한기까지 들어, 가방 안의 헤어드라이어를 바닥에 팽개치고 싶은 심정이었다. 그때 해몽전파사가 떠올랐다. 거기라면 혹시 고쳐주려나. 어차피 가는 길. 조금만 돌아가면 되니까. 열려 있으면 고맙고. 아님 말고.

버스에서 내려 골목으로 접어들었다. 어스름이 깔린 시각이었고 불을 밝힌 창문들이 드문드문 보였다. 이쪽 길을 찬찬히 둘러보긴 처음이었다. 오래된 주택과 상점, 신축 건물이 뒤섞여 있었다. 은하문구. 차돌슈퍼. 무지개칼국수. 솜 틉니다. 모퉁이를 돌아. 고무함지 안의 수국과 고추나무. 무학오뎅. 다시 모퉁이를 돌아. 샌딩빠우. 함석판에 붓글씨로 적은 풍운정밀. 슬레이트 지붕 아래 말다툼소리. 달그락거리는 그릇 소리.

……그리고 해몽전파사.

역시나 불은 꺼져 있었다. 영업 중이더라도 저녁이 다 되었으니 문을 닫았을 시각이었다. 그럴 줄 알았으면서도 실망스럽지 않을 수는 없었는데, 이 실망감은 딱히 헤어드라이어 수리에 대한 것이라기는 어려웠다. 간판의 글자들은 가로등 불빛을 받아 다크서클 같은 그림자를 드리우고 있었다. 세모꼴 부지에 맞춘 세모꼴 건물 모서리는 찌를 듯이 뾰족해 보였다. 모서리를 만져보았다. 눅눅한 가루가 묻어나왔다. 바지에 손을 문지르고 휴대전화의 불빛으로 가게 안쪽을 비췄다. 내부는 보이지 않고 유리에는 나의 전신이 반사될 따름이었는데, 가슴팍에 찍힌 글자는 내 옷에 프린트된 것이 아니었다. 흰색 글자는 유리문에 붙어 있었다.

각종 꿈 매입
몽몽교환 프로젝트 진행 중
문의 019-210-7163

꿈 매입? 매매는 아니고 매입만? 매입만 하면서 교환이라는 게 말이 되나. 피식 웃고 돌아서려는 찰나, 휴대전화 메모장에 적어둔 간밤의 꿈이 떠올랐다.

꿈 1

=

폭우가 쏟아진다. 처마 밑에 발이 묶여 있다.

처마 밑은 붐빈다. 고비를 넘겼대. 누가 속삭인다. 멀었을걸. 누가 또 속삭인다. 나는 귀가 밝다. 귀가 밝으니까 귀퉁이로 밀려나서 왼쪽 소매가 다 젖는다. 춥다. 한파경보가 내렸던가. 폭우에 한파라니. 맨홀 뚜껑으로 황토색 흙탕물이 역류한다. 이렇게 추운데도 물에 잠긴 도로는 빙판이 되지 않는다. 이렇게 추운데도 빗줄기는 우박으로 바뀌지 않는다. 이렇게 추우니까 다들 병이 들어서 나를 밀쳐내려는 거구나.

뒤를 돌아보니 처마 밑의 문은 응급실로 이어진다. 응급실엔 비가 오지 않는다. 좁은 통로를 사이에 두고 양쪽 벽을 따라 침상이 끝없이 늘어서 있다. 나는 아프지 않으니까. 처마 밑을 빠져나와 통로만 넘어서면 되는데. 반듯이 누워 있던 여자가 병상에서 몸을 일으켜 내 젖은 팔을 붙잡고 입을 연다.

　"반팔만 잘 익었구나."

　여자의 이름은 흑진주다. 흑진주는 독한 마마를 앓고 있다. 물집투성이의 얼굴이 낡은 스펀지처럼 상해간다. 모공이 차차 확장되고 확장이 끝난 모공과 모공은 합쳐져서 더 커다란 모공이 된다. "꿈이 얽은 자국이야." 흑진주가 속삭인다. 흑진주가 웃는다. 부글거리는 거품 소리가 난다.

　나는 흑진주에게 손수건을 건넨다. 흑진주가 탐내는 것은 나의 잘 익은 반팔이지만 팔을 떼어줄 수는 없다. 흑진주는 얼굴을 닦고 나에게 수건을 돌려준다. 수건에는 꿈의 마마 자국이 묻어 있다. 삶으면 괜찮을까. 전염될까봐 겁이 나지만 수건을 버릴 수는 없다. 물거품이 되기 전에 애절함을 긁어모아 흑진주의 얼굴을 만져보는 수밖에 없다.

사겠다는데. 팔아볼까. 얼마에 흥정할까. 허망함과 기진함이 뒤섞인 마음 상태가 유리문에 적힌 번호로 문자를 넣도록 부추겼다. 충동이었으니까 무슨 기대를 한 건 아니었고 딱히 망설이지도 않았다. 019로 시작하는 번호라면 어차피 오래전에 사라졌을 가능성이 컸다.

답신을 기다리는 것도 기다리지 않는 것도 아닌 어중간한 심정으로 메모장의 오타를 고쳤다. 처마 닡을 처마 밑으로. 황색을 황토색으로. 잠이 덜 깬 손가락으로 적은 거라 틀린 글자들이 많았다. 우산 아래로 비가 들이쳐 액정에 물방울이 떨어졌다. 트럭이 지나가면서 움푹한 바닥에 고인 빗물을 사방에 튀겼다. 닸고를 닦고로. 즈국을 자국으로. 삶으면 관찮을까. 관찮기는. 안 괜찮지. 꿈 매입이라니. 실없는 장난에 실없이 넘어갔잖아.

진동이 울린 건 마음을 접고 발길을 몇걸음 돌렸을 때였다. 전화기를 다시 꺼냈다. 이층으로 올라오라는 메시지였다. 그러고 보니 이층 창문에는 커튼 너머로 조도가 낮은 불빛이 들어와 있었다. 막상 응답이 돌아오자 심장이 뛰었다. 주변을 둘러보았다. 계단은 뒷벽으로 나 있었다.

난간이 없고 바닥은 미끄러워 이층 문을 두드리기까지 한참의 시간이 걸렸던 것 같다.

문을 열어준 사람은 초로의 여자였다. 안으로 들어서려면 신발을 벗어야 했다. 나는 샌들에 맨발이었고 발톱의 에나멜은 반쯤 벗겨진 상태였다. 바닥은 노란 장판이었다. 눌린 자국이 많았고 걸레질을 한 지 오래된 듯 끈적거렸다. 발바닥이 장판에 닿았다가 떨어지는 소리가 뻔뻔하고 민망하게 들렸다.

여자는 말없이 빈 의자 하나를 손가락으로 가리켰다. 탁자에는 네 사람이 둘러앉아 소리 내어 책을 읽고 있었다. 지금 된다, 뱀이 된다……, 반드시 된다, 피리가 운다……, 깊어진다, 밤이 된다…… 그들이 펼쳐놓은 페이지를 곁눈으로 넘겨보니 나쓰메 소세키의 『몽십야』였다. 열 개의 꿈 중 네번째 꿈이 지나가는 중이었다.

*

얼떨결에 나는 낭독 모임에 끼어 『몽십야』의 여덟번째

꿈을 읽었다. 열개의 꿈이 어느덧 다 지나가자 탁자에 둘러앉았던 이들은 가벼운 인사를 나누고 문을 나섰다. 여자는 내게 차가운 홍차를 내주었다. 용건을 먼저 묻지는 않았다. 벽시계의 초침 소리가 들렸다.

"책 읽는 모임인가요?"

내가 먼저 입을 여는 수밖에 없었다.

"책도 읽죠."

여자의 대답은 짧았다. 홍차 안의 얼음이 아지랑이 무늬를 만들며 녹고 있었다. 무색한 손으로 나는 탁자에 놓인 책을 뒤적이다가 『영일소품』의 한 장을 가리켰다.

"이것도 좋은데."

"좋죠. 그 꿈도."

대답은 다시 짧았다. 손바닥에 땀이 났다. 나는 실내를 둘러보았다. 바깥에서 볼 땐 이런 세모꼴 건물에 가구 하나 놓을 자리나 변변히 나올까 싶었지만 안은 제법 넓었다. 공간은 사다리꼴이었다. 출입문의 맞은편 벽에 미닫이문이 나 있었다. 문 옆에는 생뚱맞게 연통도 없는 난로가 놓여 있었고 그 위에 작은 현판이 걸려 있었다. '지나친

숙면은 꿈에 해롭습니다.' 현판의 문장을 보며 나는 싱거운 웃음을 표 나게 흘렸다.

한쪽 벽에는 유리문이 달린 장식장과 체리색 시트지를 붙인 5단 책장이 나란히 자리 잡고 있었다. 장식장에는 연갈색 지구본과 모래시계, 도자기 인형이 달린 오르골…… 실내를 둘러보던 나는 장식장을 열고 허락도 없이 오르골을 꺼내 태엽을 돌렸다. 고요한 밤 거룩한 밤이 흘러나오고 책장에는 니콜라이 고골, 골드베르크 변주곡, 립 밴 윙클, 나이트메어…… 뒤죽박죽 꽂힌 책과 음반과 DVD와 구식 테이프들. 나이트메어 옆자리는 황동문진이었다. 문진에는 작은 글자들이 음각으로 새겨져 있었다. '꿈을 꿈이라 해도 꿈일 수 없는 세계로부터.'

"너무 무겁지 않나요? 꿈이 짓눌리겠네요."

문진을 손바닥에 올려놓고 무게를 가늠해보며 내가 말하자 여자는 눈을 흘겼다. 입가에는 미소를 띠고 있었는데, 허세는 그만하면 됐다는 표정이었다. 몇가지 품평을 더 늘어놓을 요량이었지만 그 표정에 나는 반쯤은 기가 눌리고 반쯤은 맥이 풀리고 말았다. 결국 헤어드라이어의

고장에서부터 하루 동안의 일을 미주알고주알 털어놓은
다음, 오타를 수정한 꿈 메모를 복사해서 여자의 휴대전
화로 전송했다. 그는 나의 메모를 살피며 처음으로 상냥
하고 긴 맞장구를 쳐주었다.

"장마 땐 드라이어 없으면 힘들죠. 종일 안 마르고. 그
래도 저만큼이야 하겠어요?"

과연 그랬다. 여자는 얼굴이 작고 미간과 이마가 좁았
는데 어깨까지 오는 반백의 곱슬머리는 무성한 잡초처럼
숱이 많았다. 첫인상과 달리 나이는 쉽게 가늠되지 않았
다. 저 머리칼은 여간해서는 마르지 않을 것이었다. 미장
원엘 좀 다니지. 짧게 자르고 숱을 치면 그나마 나을 텐데.
염색을 하면 한결 젊어 보일 테고. 여자는 나의 꿈을 찬찬
히 들여다보고 있었고, 나는 여자의 정수리를 물끄러미
들여다보고 있었다. 문득 얼굴이 달아올랐다. 환히 드러난
은밀함을 들킨 것처럼. 또 훔친 것처럼.

눈을 비비고, 때늦은 마른세수를 하고, 그럼 저는 이
만……, 어정쩡하게 작별 인사를 건네며 의자에서 일어
났다. 그제야 여자는 고개를 들고 메모에 대한 소감을 전

했다.

 "많이 적어두시나요? 어쩐지 제가 이 꿈속의 흑진주씨 같네요."

 빙그레 웃으며 그는 내게 지폐 한장을 내밀었다.

 "비가 오니까. 꿈 값으로 택시 타고 가세요."

*

 해몽전파사에서 받아온 꿈 값으로 나는 늦은 저녁밥을 먹고 마트에 들러 커다란 복숭아를 샀다. 종일 비 오는 거리를 헤맨 터라 집에 돌아와서는 쌍화탕을 데워 마셨다.

 잠이 쉽게 오지 않았다. 여자의 말이 머릿속을 맴돌았다. 제가 이 꿈속의 흑진주씨 같네요. 인사치레였겠지만, 정말로 꿈속의 흑진주를 만나고 온 기분이었다. 이런 게 예지몽인가. 이불을 끌어당겼다. 이불이 두꺼워야 잠이 잘 오는데. 이불은 종잇장처럼 얇고. 종잇장보다 힘이 없고. 덮어도 그만. 덮지 않아도 그만. 이불의 가장자리가 하나의 폐곡선으로 가슴과 팔다리를 가로지르며 1그램의 무

게만 더한 느낌. 1그램만큼. 흑진주를 팔았다. 흑진주를 흑
진주에게 팔았다. 더 팔면 좋겠다는 생각을 하며 스르르
잠이 들었다.

꿈2

빗소리가 들린다. 여자가 창문 앞에 서서 나를 지켜보고 있다.

나는 화초의 잎사귀를 정리하는 중이다. 이것은 나의 병든 마가렛. 기회만 되면 베란다를 뛰쳐나가 실종되는 것이다. 영원한 실종 상태를 꿈꾸는 것이다. 나는 땀을 흘리며 찾아다니는 것이다. 이웃의 고추밭에 풀 죽은 채 웅크리고 있는 마가렛을 매번 발견하는 것이다. 데리고 돌아와 이렇게 또 다듬어줘야 하는 것이다. 지긋지긋해. 지긋지긋해. 나는 또박또박 생각을 한다.

빗소리가 들린다. 여자가 창문 앞에 서서 사과를 먹고 있다.

창밖에는 비가 오지 않지만. 나는 마가렛을 사랑해서 이 비가 어디서 오는지를 안다. 내가 등진 벽에는 비밀 문이 달려 있다. 비밀 문 너머에서 나는 이불을 뒤집어쓰고 있다. 빗소리를 듣고 있다.

사과를 먹는 여자를 지켜보고 있다. 사과는 위험한 과일이 아닌가.

여자는 아무것도 모르면서 나에게 사과 한쪽을 내민다. 나의 생각을 읽는다. 이것은 나의 병든 마가렛. 하마터면. 어쩔 뻔했어.

꿈 3

————

너무 넓다.

벌판이다. 지평선 끝까지 꿈이 가득 돋아 있다. 바람이 분다. 꿈이 우수수 흔들린다. 갈대처럼. 코스모스처럼. 아연하다. 이렇게 넓은 벌판이 어떻게 머릿속에 들어가는 거지? 이렇게 많은 꿈들을 어떻게 나 혼자 감당할 수 있지? 하는 수 없겠지. 걸어야 한다. 걷는다. 땀이 난다. 얼굴에서 덜렁거리는 이목구비가 귀찮아 주머니에 넣어버린다. 발바닥이 아프다.

어느새 나는 화전민이 되어 있다. 꿈의 일부를 태우고 매운 연기에 눈을 비빈다. 곡괭이를 들고 땅을 개간하다가 장미내복을 입은 난쟁이 동생과 함께 집을 짓는다. 언니. *선캄브리아 박스*다, 이건. 동생은 썩은 이를 드러내며 웃고 나는 그제야 깨닫는다. 차이니스 박스다, 이건. 벌판 같은 건 애초부터 없었어. 열어도 열어도 상자의 끝에 닿지 않도록 점점 더 작은 상자를 만드는 것이 나의 일이었어. 사라지지 않으면서 작아지기. 작아지고 작아지기. 돈을 받아 주머니에 넣었으니까 취소할 수 없어.

취소할 수 없으니까 쉴까. 기지개를 켜고. 눈 좀 뜨고. 내 방에서. 내 박스에서.

장미내복을 입고 있던 동생이 마음에 걸린다. 땅을 일구려고 불을 놓았었는데. 불씨를 제대로 죽인 게 맞는지. 동생을 두고 온 선캄브리아 박스에 그 불이 옮겨 붙지는 않았는지. 나는 무사한데. 다시 돌아가서 동생을 데려올 수는 없는데.

꿈 4

"이런 걸 새우잠이라고 하는 거야?"

침대보를 걷어보고 손님이 망연히 묻는다. 손님의 얼굴에는 깊은 실망이 드리워져 있다. 나는 말없이 고개를 끄덕이며 손님의 어깨를 다독인다. 맞아. 새우잠이란 이런 거야.

침대보 밑에는 침대만 한 백설기가 있다. 따뜻한 김이 모락모락 올라온다. 이렇게 따뜻하고 커다란 백설기는 솜틀집에서만 만들 수 있습니다. 새우잠의 시간이 임박하면 사람들은 솜틀집에 온다. 백설기에 모로 누워 조용히 등을 구부린다. 구부린 등을 타고 새우잠이 오고 새우잠은 깊어지고. 가장 깊은 숨소리와 함께 머리가 터진다. 솜뭉치가 뭉게뭉게 솟아난다. 솜뭉치에는 약간의 숨이 붙어 있다. 맑은 것들. 꿈틀거리는 것들.

손님은 옷을 벗고 백설기 위에 눕는다. 눈을 감고 등을 구부린다. 나는 기다린다. 손님의 흐린 얼굴에서 불륜의 냄새가 난다. 손님의 얼굴은 처음부터 흐려서 새우잠이 와도 더 흐려지지는 않는다. 나는 기다린다. 이불을 들고 기다린다. 이불 속에는 납작하게 죽은 솜이 들어 있다. 이불을 덮어주어야 한다.

꿈 5

세상의 모든 겨울옷을 입어보았다.

옷감을 쓸어보기만 했던 백화점 매장의 캐시미어 코트. 늘 입고 다니던 코듀로이 재킷. 할머니의 보라색 스웨터. 오래전에 버린 패딩 점퍼. 오리털. 양털. 토끼털. 러시아 여자가 입고 있던 모피코트.

열대야의 어둠. 꿈속은 겨울.

여름과 겨울의 경계에서 나는 낙하산처럼 펼쳐진 망토를 어깨에 두르고 눈과 함께 내렸던가. 혼자 흔들렸던가. 한모금의 춤을 추었던가. 한자락의 소매를 잡았던가.

세상의 모든 겨울옷을 입어보았다.

세상의 모든 어깨에 닿아보았다.

2장

그날 이후로 일주일에 한번, 한번에서 두번, 두번에서 세번, 해몽전파사를 드나들다가 나는 여자를 도와 아르바이트를 하게 되었다. 지금은 그를 사장님이라고 부른다. 가볍고 친근한 대화가 오갈 땐 흑사장님이라고도 부르고 진주씨라고도 부른다. 반쯤은 장난이지만 반쯤은 진심이기도 하다. 몇번을 농담조로 그렇게 부르고 나니 입에 붙어버리고 말아서 이제 흑진주가 아닌 다른 이름으로는 다른 사람을 대하는 것만 같기 때문이다.

　　해몽전파사에서는 여러가지 소모임과 강좌가 진행된다. 토요일에는 꿈의 영화를 상영하고 일요일에는 꿈의 텍스트를 낭독한다. 수요일에는 꿈과 인문학 스터디가, 목요일에는 뇌과학 스터디가, 금요일에는 몽유록 읽기 모임이 격주로 열린다. 단기 집중 코스인 루시드 드림 입문·실전 강좌와 두세달에 한번 개설되는 드림캐처 만들기 강좌는 외부에서 강사를 초빙한다,라기보다는 강사 선생님이 수강생들을 데리고 와서 이 공간을 활용하는 편에 가깝다. 굳이 이곳을 분류하자면 문화사랑방쯤 될까. 그렇지만 이곳을 드나드는 이들은 그냥 다들 '가게'라고 부른다.

나는 일주일에 두번, 몽유록 읽기 모임과 영화 상영회가 있는 금요일과 토요일에 가게에 나와 모임을 주재하거나 관리하고 때때로 프로그램을 짠다. 토요일의 영화 상영 리스트는 직접 고르는 편이다. 마음이 내키고 시간 여유가 있으면 간략한 소개 글을 써서 참가자들에게 나눠주기도 한다. 금요일에는 청소를 하고 다과를 준비한다. 모임이 시작되면 배우는 마음으로 탁자에 함께 앉아 꿈을 빙자한 옛이야기에 귀를 기울인다. 기울였다. 그동안은 그래왔다.

*

아르바이트를 시작한 지 이년 반이 되어간다. 그동안의 일기를 들추며 가게가 스민 꿈을 읽어본다. 꿈 값을 받고 판 흑진주 꿈도 다시 읽어본다. 이 꿈을 적어두지 않았으면 어땠을까. 그날 해몽전파사를 찾지 않았다면. 일주일째 뒤숭숭한 상태로 같은 생각과 같은 행동을 반복하고 있다.

오늘은 영화 상영회가 있었다. 여섯명의 멤버들과 함께 「8과 1/2」을 보았다. 첫 장면은 주인공의 악몽. 주인공은 갇혀 있다. 꽉 막힌 도로에. 차 안에. 다른 차에 탄 운전자들의 시선에. 탈출에 겨우 성공한 그는 하늘로 날아오르고, 골로 보내버려, 목소리와 함께 추락하고, 추락과 함께 내 머릿속은 화면을 떠나 갈래갈래 흩어졌다. 책장에는 지난주부터 크고 무거운 책 한권이 꽂혀 있다. 페데리코 펠리니의 꿈 일기를 묶은 책이다. 이십여년치의 꿈이던데. 번역이나 해볼까. 꿈을 기록하는 일 자체가 일종의 번역이다. 펠리니는 이탈리아 사람이니까, 꿈을 이탈리아

어로 옮기고, 이탈리아어를 영어로 옮기고, 또 한국말로 옮긴다면 삼중 번역이 되겠지. 번역에 번역을 거쳐 남는 건 뭘까. 어수선한 생각 사이로 노인의 얼굴, 어린이의 얼굴, 우리가 잠들면 초상화가 눈을 뜬대, 영화의 장면이 단편적으로 눈에 들어오다가 어느새 엔딩 자막이 떴다.

오랜 멤버인 설아씨를 마지막으로 사람들이 모두 떠난 다음 프로젝터를 정리하고, 탁자를 걸레질하고, 꿈이야 널렸는데 뭐하러 번역을, 노트북의 전원을 켜고 다시 일기를 펼친다. 커피를 내린다. 열흘 지난 부룬디 피베리. 첫 모금은 짙은 초콜릿. 창밖을 본다. 초콜릿 위에 푹신한 마시멜로. 마시멜로 위에 신맛. 단맛. 창밖엔 눈이 내린다. 가게를 처음 찾았던 날은 비가 왔고 오늘은 눈이 내린다. 교복을 입은 두명의 청소년이 담배를 피운다. 재킷 위에는 파카를 걸쳤는데 바지는 발목보다 짧고 맨발에는 삼선 슬리퍼. 맞은편 공사장의 철근 뼈대는 돼지천에 덮여 있다. 돼지천에 눈이 내린다. 뒷벽을 이웃한 폐건물 옥상에도 눈이 내릴 것이다. 대로 건너 뉴타운 일대에는 새로 올린 아파트가 진작에 넓게 자리 잡았다. 이 동네에도 재건축이나 대대적 보수에 들어간 건물이 점점 늘어간다. 다 바뀌고 마지막엔 해몽전파사만 남을지도 모른다. 해몽전파사는 헐리지 않을 것이다. 진주씨가 주인이니까 걱정하지 않아도 될 것이다. 다 식은 커피의 마지막 한모금은 나무껍질의 맛. 애물단지 난로 위에는 알로카시아 화분이 있다. 내가 사다 놓은 것이다. 겨울마다 나는 진주씨에게 난로 얘기를 꺼낸다. 이왕 둘 거면 연통을 연결하고 불을 피우는 게 어때요. 주전자에 물이 끓고. 주둥이로 김이 풀풀 솟고. 보리차 냄새가 실내에 가득 퍼진다면 좋겠지. 아주 좋을 텐데. 일기에 적어둔 몇개의 꿈을 오려내어 새 파일에 옮긴다. 숫자를 입력한다. 일단은. 입력하기로 한다.

꿈 6

===

공동주택의 미로를 헤매고 있다. 방을 보러 왔는데. 어느 문을 두드려야 하는지 알 수 없다. 긴 복도는 몇걸음마다 턱이 있다. 복도보다 계단에 가까운 것도 같다. 천장은 낮다. 동선은 난해하다. 나는 숨이 찬다. 그렇다면 위층으로 한참 올라온 게 맞을 텐데. 창밖엔 눈높이로 맨땅과 나무 둥치가 보인다. 다리가 무겁다. 벽에는 공중목욕탕의 광고 문구가 붙어 있다. 섭섭하지 않게 다녀오지 그러세요. 화살표와 함께.

검문대가 보인다. 화살표는 충분히 날카롭지 않아서 장갑을 낀 관리인이 손을 저으며 출입을 제지한다. "아무나 들어갈 수 없어요." 그는 나의 가방을 열어 소지품을 검사한다. 향초. 마스크. 콘돔. 플루타르크 생수. 손등. 손등을 늘어놓고. 나는 그에게 물어본다. "여기는 몇층인가요." 그는 얼굴을 찌푸린다. "층이 아니에요. 단이라고 해야죠." 나는 고개를 주억거린다. 그렇구나. 이 건물은

35

서랍에 가깝다. 가장 아랫단은 깊고 아늑하겠지. 이부자리만 겨우 펼 수 있게. 관리인은 천장을 가리킨다. 천장은 낮다. 낮았다가 높았다가 한다. "땅값이 비싸잖아요. 바닥을 늘릴 수는 없지. 바닥은 고정해놓고 천장만 늘리는 거예요. 보통 때는 접어두고요. 필요할 땐 이렇게 활짝 펴고요." 그는 아코디언의 주름을 폈다 접었다 하는 것처럼 손을 움직인다.

관리인이 나의 손목에 도장을 찍어준다. 문이 열린다. 눈이 내린다. 지붕에 눈이 쌓인다. 눈으로 데커레이션을 한 케이크와 같은 집. 케이크는 무너지고 천장만 한없이 높아져 한단, 두단, 세단, 여긴가. 여기가 내가 보러 온 집인가. 촛불을 켠다. 촛농이 흐른다. 굴뚝으로 목욕탕의 수증기가 모락모락 올라온다.

꿈 7

누가 트럼펫을 분다. 오르골 소리가 난다. 오르골의 태엽이 천천히 풀리면서 가랑이 사이로 오줌물이 흘러내린다. 마음이 놓인다. 땅은 비옥할 것이다. 나무가 자랄 것이다. 차가운 열매가 달랑거릴 것이다. 금속의 아침을 알릴 것이다.

특수금속의 아침이니까. 기계수에 세수를 할 차례다. 금속에 금이 간다. 금이 간 자리에서 쇳물이 솟는다. 쇳물에 얼굴이 비친다. 나는 손오공의 가면을 쓰고 이마에는 소리테를 두르고 있다. 누가 숟가락으로 밥그릇을 두드린다. 파도 소리가 들린다. 고대의 화음이 흡수된다. 아니야. y음이 빠진 황동색 소리. 은은한 반짝임. 나팔은 가볍고 트럼펫은 맑다.

손가락이 간지럽다. 피보나치 음계가 그립다. 프레스기로 납작하게 누른 건반이 줄줄이 덕장에 매달려 해풍에 말라간다. 나의 페이지처럼 펄럭인다. 커튼처럼 펄럭인다.

꿈 8

윤희가 있었다.

윤희야. 윤희를 불렀다.

윤희가 누구지. 윤희라면 이름도 얼굴도 처음인데. 윤희야. 윤희를 불렀다. 윤희는 둘이었다. 하나의 윤희는 올백으로 넘겨 질끈 묶은 머리에 콧등과 눈 밑에 주근깨가 가득했다. 또 하나의 윤희는 소매가 짧은 윗도리에 토슈즈, 귓바퀴가 시원하게 드러나는 쇼트커트. 스카프도 두르고 있었던가.

윤희야.

윤희와 윤희는 툇마루에 앉아 있다. 마당에는 은박 돗자리에 널어놓은 고추가 뜨겁게 말라가고 돗자리의 네 귀퉁이를 누른 조약

돌은 백만년을 구르며 볕을 쬔 것처럼. 윤희의 집은 절반으로 깨끗하게 쪼개지는 딱딱한 녹색 사과와 같다. 너와 나의 방은 같은 크기이고 바람은 공평하게 통한다. 사이좋게 나눠 쓰는 부엌이 뒤란에 있고 마룻널이 한쪽 떨어지면 짝을 맞춰 또 한쪽을 떼어내면 된다. 추녀 끝에는 잠자리의 날개와 날개. 꼬리와 꼬리.

윤희가 윤희의 손에 손을 포갰다.

"매미가 죽어가는 계절이 되었어."
윤희가 말했다.
"비가 쏟아질 거야."
윤희가 대답했다.

하늘은 쾌청하다. 바람이 분다. 바람에 서늘함이 묻어 있다. 집은 비에 잠길 것이다. 수박을 나눠 먹으며 마당의 시원한 빗소리에 가만히 귀를 기울일 수는 없을 것이다. 문짝에 팽팽하게 발린 창호지는 오래전에 찢어질 것이다. 살아보지 못한 우리집에 대한 그리움으로 목이 멘다. 깡통이 흔들리는 소리가 난다.

윤희는 누구였을까. 윤희는 어디에서 와서 나의 옛날 집 툇마루에 앉아 있었던 것일까. 처음 보는 얼굴. 처음 듣는 이름. 꿈에서 이런 생면부지의 뚜렷함을 마주치고 나면 정녕 나의 잠과 다른 이의 잠을 이어주는 초감각의 네트워크가 있는 건 아닐까 하는 생각이 든다.

김유신 장군의 두 여동생 보희와 문희 이야기가 머릿속을 스쳐간다. 보희는 꿈속에서 오줌을 누었다. 꿈속의 오줌은 흐르고 흘러 서라벌 시내를 물바다로 만들었다. 문희는 언니의 꿈이 탐났다. 비단 치마를 꿈 값으로 치르고 언니에게 꿈을 샀다. 그리고 훗날 김춘추와 부부의 연을 맺어 왕비가 된다. 끝이 아닐 것이다. 『삼국유사』에 나오지 않는 비하인드 스토리가 있다. 자매는 둘이 아니라 셋이다. 보희. 문희. 그리고 막내 윤희. 문희가 김춘추의 아내가 되어 궁궐로 떠난 후 보희와 윤희는 꿈의 가게를 차린다. 윤희는 꿈을 모으러 다닌다. 보희는 윤희가 모은 꿈을 판다. 보희와 윤희의 가게에는 문희가 꿈 값으로 치른 비단 치마가 위풍당당하게 걸려 있다. 문희가 보희에게 산 것은 꿈의 알맹이. 껍데기는 여전히 보희에게 있다. 보희는 꿈속에서 오줌을 누었다. 보희의 오줌물에 잠긴 서라벌 시내에선 물비늘이 눈부시게 반짝거렸다.

3장

지난주 금요일, 진주씨는 기내용 캐리어를 끌고 몽유
록 읽기 모임에 나왔다. 드문 일이었다. 진주씨와 나는 근
무 날짜를 수시로 교대하기도 하고 관심 있는 내용이 모
임에서 다루어질 땐 근무와 상관없이 가게에 나오기도 했
지만, 몽유록만은 여간해서 진주씨의 관심을 끌지 못했던
터였다. 대수롭게 여기지는 않았다. 어디 여행을 다녀오려
는 건가. 가기 전에 당부할 말이 있나보지. 아니면 귀신이
나오는 작품이라니까 호기심이 생겼거나. 가벼운 짐작만
스쳤을 뿐이었다.
　하지만 오랜만에 나와놓고도 진주씨는 모임이 진행되

는 내내 정신이 딴 데 팔려 있었다. 모임 분위기가 험해지고 있었는데도 말이다. 그날 읽은 작품은『강도몽유록』이라는 17세기 한문소설이었다. 병자호란 때 강화도에서 죽은 열네명의 여자 귀신이 스님의 꿈속에 등장해 한탄을 이어가는 이야기였다. 모임에는 멤버 중 하나가 초대해 데려온 국문과 대학원생이 끼어 있었는데, 이 작품으로 석사 논문을 썼다는 그는 자기가 전문가라는 걸 자랑하고 싶어 안달이 난 것처럼 보였다. 이 문장은 번역자가 잘못 옮긴 거예요…… 남자 중이 꾸는 꿈인데 여성의 목소리가 어딨어요…… 당대의 당쟁 구도를 고려하셔야죠…… 발제자가 써온 감상문에 일일이 토를 달고 잔소리를 이어갔다.

평소의 진주씨였다면 신경전으로 번져가는 대화에 부드럽게 끼어들어 무례한 입을 함부로 놀리지 못하도록 단속했을 것이다. 그날은 아니었다. 뭐라 떠들거나 말거나 한 손으로는 턱을 괴고 한 손으로는 수성펜을 들고 책 속 글자들의 ㅇ과 ㅁ에 색을 채워 넣고 있었다. 그렇게 뛰어나시면 강단에나 서실 일이지 이런 델 왜 따라오셨는데요? 참다못한 발제자가 대학원생에게 쏘아붙이고는 소리

45

나게 책을 덮고 가방을 챙겨 나갔다. 모임은 엉망이 되어 버렸고, 다른 멤버들도 굳은 얼굴로 자리를 정리하는 수밖에 없었다. 나는 소란을 방치한 진주씨가 원망스러웠다.

"어떠셨어요, 오늘 읽은 작품?"

둘만 남자 나는 심술궂게 말을 건네고는 진주씨가 열중하고 있는 색칠 놀이 페이지를 어깨너머로 넘겨다보았다. 멀쩡한 책에 웬 만행이람. 썩은 이처럼 새까매진 ㅇ과 ㅁ들. 운명. 목숨. 아아. 악명. 울음. ㅎ과 ㅂ도 있군. 사형. 항복. 왕법.

"그 책. 구했어."

동문서답이 돌아왔다. 그 책이라니. 무슨 책. 탁자엔 병자호란이 훑고 간 참상의 흔적이 한가득인데. 뜯어 먹다 만 팥빵. 틴트 자국이 남은 머그컵. 샌드위치 케이스. 귤껍질. 흘린 커피에 흘린 우유. 동문서답에는 동문서답.

"그 검사. 결과는 나왔어요?"

때마침 병원에 가야 한다며 근무 날짜를 바꾸자던 진주씨의 말이 떠올랐다. 건강검진 때 추가로 유방 초음파 검사를 받았는데 2센티짜리 혹이 발견되어 조직검사를 받아야 한다고 했다. 목소리는 어둡지 않았다. 모양이 착한 편이니 너무 염려는 말라는 말을 들었다고 했다. 그랬기에 나 역시 별일 아니려니 지레 믿으며 까맣게 잊고 있던 일이었다.

"악성이래."

"악성이요?"

"암이라고."

무심한 대답과 함께 색칠 놀이는 다음 페이지로 넘어갔다. 항아. 월궁. 응당. 하얗게. 하얗게. 나는 '암'이라는 글자를 손가락으로 허벅지에 커다랗게 써보았다. 써보면 마치 그 뜻을 명확히 알 수 있기라도 한 듯. 진주씨를 따라 글자의 ㅇ과 ㅁ에 보이지 않는 색을 채웠다.

"몇기래요?"

"째봐야 안대."

째봐야 안다. 그렇단 말이지.

"그래서 말인데,"

진주씨는 색칠 놀이를 마치고 고개를 들었다.

"자기가 가게 일을 도맡아주었으면 해서."

숱 많은 머리에 정전기가 일어나 있었다. 곧추선 몇 가닥의 잔머리가 공중에서 미세하게 흔들렸다.

"이건 부탁이고. 하나 더. 거래를 하자. 내가 죽기 전에 천개의 꿈을 모으면 자기한테 이 가게를 줄게."

*

어이가 없어서 웃음부터 나왔던 것 같다. 큰 병을 선고받은 사람 앞에서 조금 더 진중하면 좋았겠지만 얼토당토않은 제안으로 들린 것도 사실이었다.

언젠가 진주씨는 해몽전파사의 주인이 된 내력을 들려준 적이 있다. 구년 전까지 이 건물의 일층은 전 주인이 운영하던 가게였고 이층은 전 주인 부부의 살림집이었다고 했다. 노인이 된 전파사 주인이 낡은 가게와 불편한 살림집을 처분하고 새 아파트에서 편안한 노후를 보내기로 결정했을 때, 진주씨가 부모에게 물려받은 땅은 마침 신도시 부지로 수용되어 평당 가격이 천정부지로 치솟은 참이었다. 진주씨는 해몽전파사의 새 주인이 되기로 결심했다. 물려받은 땅을 망설임 없이 팔았다. 이 건물에 끌린 건 아무래도 간판 때문이지 않았을까. 그런데 말이야. 매매계약서를 쓰러 가보니까 전파사 할아버지 이름이 엄해동인 거야. 해몽에 열의를 가진 사람이 가게 이름을 지었을 줄 알았는데. 해동을 해몽으로 잘못 본 간판업자의 실수였던 거지. 딱히 실망스럽지는 않았다고 했다. 꿈은 꿈인 것. 꿈은 그저 꿈으로서 있는 것.

진주씨의 소망은 꿈의 아카이브를 만드는 것이었다. 사료와 유물을 집적하거나 무의식을 파고 들어가는 깊이의 아카이브가 아니라, 세계의 표층을 커버하는 피상성의 아카이브. 누구나 꿈을 꾼다. 기억하지 못할 뿐 꿈이 없는 밤은 없다. 그 꿈들을 모두 기록으로 남긴다면. 날짜와 시간을 적어서. 위도와 경도를 붙여서. 꿈의 지표면으로 이루어진 다른 지구. 꿈의 대륙. 꿈의 절해고도. 꿈의 등고선. 꿈의 해안선.

그 소망의 소박한 실천으로 낭독 모임이 시작되었다. 소망이 소망이었던 만큼 원래는 직접 꾼 꿈의 기록을 공유하는 자리였는데, 얼마 지나지 않아 모임의 방향은 수

정될 수밖에 없었다. 수집되는 꿈이 일단 너무 적었다. 꾸기는 꾸었는데 기록할 가치가 없거나 기록하고 싶지 않은 꿈이었다고들 했다. 써오는 게 부담스럽다며 수박만 한 귤을 깠어요, 개에게 물린 다리가 한쪽만 따로 뛰었어요, 말로 어물거리다가 마는 경우가 많았다고 했다. 그나마 모인 꿈에는 구구절절 해석이 붙었다. 꿈 자체를 나누기보다 꿈의 의미나 상징을 찾고 싶어 했다. 해몽대백과 같은 책을 참조했고 프로이트나 융을 따라 하고 싶어들 했다.

다들 내 마음과는 달랐어. 어디에 나오더라. 달을 보라하니 달을 가리키는 손가락만 본다, 정확히 그 반대였다면 될까. 손가락의 곡선과 손마디의 주름과 손톱 모양을 보아달라고 손을 들어 올렸는데 손의 뒤편에 우연히 뜬 달만 쳐다보는 것 같았어. 간판의 저주랄지, 세뇌랄지, 예언이랄지, 모임에 참석한 이들이 바라는 건 결국 해몽에 가까웠다.

궁여지책으로 진주씨는 꿈이 아니라도 좋으니 꿈과 관련된 글을 가져와 읽자고 했다. 참석자들의 꿈은 모임에서 점점 사라졌다. 책 속에 남은 꿈의 기록들을 읽는 것으로 낭독의 시간이 채워졌고, 언젠가부터는 서로 다른 관심사에 따라 꿈을 다룬 철학이나 심리학, 해몽 자료들을 읽는 그룹과 문학작품 속의 꿈을 읽는 그룹으로 나뉘게 되었다.

진주씨는 낭독 모임의 방향이 자신의 소망으로부터 멀어졌음을 인정하고 나서 일층 문에 공고를 붙였다. 각종 개꿈 매입. 몽몽교환 프로젝트 진행 중. '개꿈'이라고 박아놓지 않으면 또다시 해몽에 휩쓸릴 것만 같았다고 하니 공고인 동시에 부적이기도 한 셈이었다. 부적은 안타깝게도 효과를 발휘하지 못했다. 일층 전파사를 여전히 제집처럼 드나들던 전 주인 할아버지가 상스럽다며 '개'자를 칼로 긁어내버린 것이다.

*

"더 늦으면 기회가 없을 것 같네."

진주씨는 담담하면서도 진지한 얼굴로 덧붙였다.

"그건 사장님 소망이잖아요."

"자기는 편집숍을 꾸리고 싶다며."

"그냥 해본 말이었죠."

나는 시무룩하게 대답했다. 잠시 그런 맹랑한 소망을 품은 적이 있기는 했다. 진주씨의 마음이 아카이브 쪽에 쏠려 있었다면 나는 가게 쪽이었다. 갖출 걸 제대로 갖춘 꿈의 가게로 해몽전파사를 단장해보고 싶었다. 모임에서 읽는 책들은 재고를 넉넉히 갖춰 판매용 서가에 꽂는다. 드림팝 명반들을 재킷이 잘 보이게 진열해두고 잠과 꿈의 곡들로 플레이리스트도 만들어야지. 소품 몇가지를 제작할 수도 있을 것이다. 인큐버스나 샌드맨, 『산해경』에 나오는 기여(鵋鵋)의 도안을 담은 니켈 도금 배지라든가, 꿈의 문장을 프린트한 에코백. 앙리 루소나 히에로니무스 보스의 그림을 실은 탁상 달력. 몽유도원도의 1000피스 직소퍼즐. 드림캐처는 요즘 널려 있으니까 미국 원주민 보호구역에서 공수해와서 원조라고 강조할까.

일층에서 차와 커피를 팔아도 좋을 것이다. 메뉴에 올릴 음료의 이름은 파라오의 꿈. 소크라테스의 꿈. 보희의 꿈. 카프카의 꿈. 보르헤스의 꿈. 구운몽. 호접몽. 지구성미

래몽. 옥상에는 파라솔과 탁자를 두고. 블루베리 묘목과 방울토마토도 키우고. SNS 계정을 플랫폼별로 만들어 홍보도 열심히 해야지. 강좌와 모임에 참여하는 인원도 적극적으로 늘릴 것이다. 공상은 산으로 하늘로 올라가 어느새 나는 이층 바닥의 지긋지긋한 노란 장판을 걷어버리고 벽지냐 페인트냐를 두고 인테리어 업체와 설왕설래를 이어가고 옥상 바닥에 덧칠할 방수페인트의 컬러를 알아보고 부산의 보수동 헌책방 골목을 뒤지며 절판된 중고도서를 찾기도 했지만……

실은 진주씨가 답답했다. 부모의 유산까지 팔아 건물을 매입했다면서도 외벽 수리는커녕 일층 전파사조차 그대로 방치하고 있었다. 블로그라도 개설해서 온라인에 소개하라고 했더니, 그럴까, 말만 하고 그만이었다. 꿈을 기록하는 사람들은 의외로 많을지 모른다. 그런 이들에게 이 공간을 알려야 할 것 아닌가. 넋 놓고 기다린다고 꿈이 모일 리 없다. 이왕 모임을 만들었으면 홍보도 하고 상업적 가능성도 고려하면서 사람들 발길을 끌어당겨야 하지 않나. 무슨 밀교 집단도 아니면서.

"못마땅해했잖아. 이런 식으로 관리하는 거."

진주씨는 내 머릿속에 어수선하게 떠오른 생각을 읽은 듯했다.

"내친김에 리모델링도 해보든가. 공연도 기획하면 좋겠다며? 아래층 할아버지한테 물어보면 쓸 만한 음향기기 찾아줄걸?"

공연. 그래. 공연 무대도 공상의 목록 중 하나였지. 타이틀은 드림시어터. 말 그대로 공상이었다. 나는 이제껏 나의 소망을 구체화할 엄두는 내본 적이 없었다. 이곳의 주인은 진주씨였고 나는 그저 아르바이트를 할 뿐이었다. 말이 아르바이트지 실은 취미 생활 겸 혼자만의 공간을 얻을 겸 이곳을 드나들었다고 하는 편이 더 맞았다. 관리가 느슨하니 해몽전파사의 모임은 무산되기 일쑤였고 그럴 때면 종일 이곳을 개인 작업실처럼 사용하며 책을 읽거나 음악을 들을 수 있었다. 이곳을 찾는 사람이 많지 않은 것을 나는 은근히 반겨왔던 것일지도 몰랐다. 가게를 본격적으로 관리해야 한다면 사정이 달라진다. 전력을 기울여야 한다. 일단 학원 일부터 그만두어야겠지. 안정된

수입이 사라질 것이다. 게다가 천개의 꿈이라니.

"왜 하필 천갠데요."

"천일야화에. 천로역정에. 이왕 하는 거 천 단위는 되어야 있어 보이잖아."

"천로역정의 천은 하늘 천인데요."

"그럼 더 멋지네."

"매일 모은다 쳐도 삼년이 걸려요."

"삼년 안에 죽지는 않겠지."

"아무 꿈이나 천개는 아닐 거잖아요."

"알잖아."

"대충 채울 수도 있어요."

"믿을게."

"하루에 하나는 아주 무리예요. 십년이 더 걸릴 수도 있어요."

"자기도 믿어봐. 다 모으기 전엔 내가 안 죽을 거라고."

"직접 하시지 그래요."

"보태기는 할게."

진주씨는 끌고 온 캐리어의 지퍼를 열었다. 그가 두 손으로 꺼내어 탁자에 올린 것은 백과사전 크기의 육중한 책이었다. The Book of Dreams. 영화감독 페데리코 펠리니의 꿈을 묶은 책이었다. 구했다는 책이 이 책이었구나. 약을 올리듯 이 책 얘기를 먼저 한 건 나였다. 사장님 아카이브에는 필수겠지만. 한정판이라서 구하기가 어려워요. 중고로 엄청 비싸게 거래되던데요.

"비싸긴 했는데 못 살 정도는 아니었어."

진주씨는 펠리니의 책을 내 쪽으로 밀고는 의자에서 일어섰다.

"수술은 한달 후로 잡혔어. 생각해보고 알려줘."

꿈9

레미제라블을 읽고 있다. 가로로 한번. 세로로 한번. 볼펜을 굴린다. 레미제라블이란 뭘까. 십자말풀이를 하다 막혀버린 기분이다.

앞사람이 고개를 돌리고 끼어든다. "레미제라블은 게걸스러운 사람들이야."

앞사람의 옆사람도 고개를 돌리고 끼어든다. "패스해. 레미제라블은 *블랙 무*의 책이야."

나는 레미제라블을 코앞으로 끌어당겨 얼굴을 가린다. 가로도 세로도 막혔고 뒤로 도망갈 수는 없으니까. 아침은 멀었으니까. 레미제라블을 피해. 레미제라블 속으로. 한쪽 눈으로는 글자들을 읽고 한쪽 눈으로는 읽힘에 의해 펼쳐지는 세계 속으로 돌진한다.

막혔던 가로가 어렵게 열린다. 그렇구나. 나는 감격에 젖는다. 레미제라블은 피아노였어. 레. 미. 제. 라. 블. 소리가 난다. 미. 제. 레. 라. 블. 손가락이 움직인다.

나의 손가락에 꼭 맞는 레미제라블을 공효진의 손가락이 찾고 있다. 공효진의 손가락이 추적하는 레미제라블에 나는 귀를 깊이 기울이고 있다. 깊이 쫓는다. 깊이 쫓긴다. 건반은 나선형 계단이다. 계단식 잠의 끝은 바이올린이다.

레미제라블을 피해. 바이올린은 신이 인간의 악기를 다루는 사뿐함.

레미제라블 속에서. 피아노는 인간이 신의 악기를 다루는 벅참.

꿈10

칼 가는 소리가 들린다.

이가 나간 식칼들은 전부 여기로 모이는구나. 우리는 숨을 죽이고 있다. 우리 집은 「전설의 고향」세트장이다. 아랫목은 뜨겁고 방과 부엌 사이에는 창호지를 바른 쪽문이 있다.

다음은 내 차례다. 신호가 떨어지면 손가락에 침을 묻혀 창호지에 구멍을 뚫고 부엌을 엿보아야 한다. 부엌에는 구미호가 있겠지. 쪽 찐 머리를 하고. 소복치마의 뒷자락으로 풍성한 꼬리를 내밀고. 아니야. 나는 머리를 흔든다. 부엌은 우리의 미래. 미래는 점칠 수 없다. 이번 회의 제목은 「간과 숨 쉬는 것들의 욕망」이야. 감독이 나의 귀에 속삭이고 등을 떠민다.

창호지에 구멍이 뚫린다. 부엌에는 로잘린이 있다. 로잘린은 로잘린 투렉. 커다란 간이 로잘린의 도마 위에 놓여 있고 로잘린은 생각에 잠겨 있다. 나는 조바심이 난다. 간이 딱딱해지기 전에 어서 칼을 들어야 하는데. 도마의 나뭇결이 내 얼굴로 옮겨지는 느낌이 난다. 도마 위의 간 속에는 나의 죄가 들어 있고 로잘린은 나 대신 벌을 받고 있다. 로잘린은 땅부잣집 딸이고 나는 다짐육 고기공장 공장장의 딸이다.

우리는 눈을 맞추고 고개를 끄덕인다. 우리의 앙상블은 대단하다. 로잘린이 칼을 든다. 로잘린은 슬라이스의 장인이다. 표면적의 완전한 넓이를 추구한다. 기예에 가까운 칼솜씨로 습자지보다 얇게 간을 썰고 간 속에는 나의 죄가 빈틈없이 꽉 차 있다. 로잘린의 손을 따라 나의 죄는 무한 단면이 된다. 가벼워진다. 투명해진다. 한장 한장 펼쳐진다. 무늬가 다 보인다. 영롱하다. 지구를 다 덮을 것이다. 땅 밑으로 스밀 것이다.

창호지에 뚫린 구멍으로 내가 훔쳐보는 것은 간과 숨 쉬는 것들의 욕망. 그렇게 되어 있다고 합니다. 바람이 든다. 피아노 소리가 들린다. 들킬 것 같다.

4장

진주씨의 제안은 절묘하면서도 고약한 데가 있었다. 천
개의 꿈이라. 진주씨가 직접 꾸릴 수 있는 일이 아닌 건 분
명했다. 꿈의 아카이브에 대한 몽상을 오래 키웠다 해도
몽상은 몽상일 뿐 그는 야심차게 일을 추진하는 스타일과
는 거리가 멀었다. 그동안 더러 수집한 꿈도 제대로 보관
이나 하고 있는지 모를 일이었다. 나로 말하자면, 꿈의 질
감과 무늬들을 좋아하긴 했지만 수집에 대한 열정을 품은
건 아니었다. 조건 없이 천개의 꿈을 모을 이유가 없었다.
그런데 목표가 제시되었다. 가게를 물려받는다는 목표가.
진주씨는 문을 나서면서 한마디 더 보탰다. 자기 소망과

내 소망을 한꺼번에 이룰 절호의 기회 아니겠어?

딴은 그럴 수도 있을 것이다. 암 판정이라는 불운과 마주치지 않았다면 진주씨는 해오던 대로 느슨하게 해몽전파사를 꾸렸을 것이고 나 역시 하던 일을 그저 해나갈 따름이었을 테니까. 소망은 자유롭게 길어 올릴 수 있지만 그 소망을 현실로 옮기는 데에는 외부의 동력이 필요하다. 불운이든 채찍이든 떡밥이든.

하지만 유방암의 치료 경과와 생존율, 전이 가능성 같은 정보를 인터넷으로 검색하면서 나는 곤혹스러운 감정에서 벗어날 수가 없었다. 완치될 수 있겠지. 완치될 것이다. 분명 초기일 거야. 그러니까 꿈은 천천히 모아도 된다. 천천히 모아서 언제? 호호백발 할머니가 되어서? 막막함이 지나갔다. 전망도 없는 해몽전파사에 내 인생을 바칠 수는 없다는 생각이 들었다. 반대로 환우 카페의 암울한 글을 읽고 있으면 진주씨에 대한 근심 사이로 조급증 같은 것이 슬그머니 끼어들었다. 서둘러 모아야 하는 건가? 얼마나? 삼년? 이년? 가게의 새 주인이 될 나를 은연중 떠올려보고 있는 것이었다. 진주씨가 어서 죽기를 바라는 건 아닌지 의구심마저 들었다.

자책에 사로잡힐 일을 또 만들 수는 없었다. 그 일만으로도 이미 버거웠다. 반년 전, 내가 일을 나가던 학원 원장이 창밖으로 몸을 던졌다. 빚이 많았다. 투신하기 전날 원장은 내 책상에 놓인 구름떡을 가리키며, 신선생, 나 그 떡 한쪽만 먹자, 배고프다,라고 했다. 나는 못 들은 척했다. 원장과는 아무것도 나누고 싶지 않았다. 시도 때도 없이 보충 타령이면서 전달 월급은 입금 전이었다. 마주칠 때마다 우는소리를 하며 며칠만 기다리라고 했는데, 그 소리를 들을 때는 엄살이라는 생각밖에 들지 않았다.

나 때문이었던 건 아니다. 아닐 것이다. 그렇지만 굴욕적이었겠지. 떡을 주었으면 달랐을까. 떡은 말랑말랑했으니까. 허기가 가시면 기분도 나아지니까. 절망 사이로 다른 것이 비쳤을 수도 있을 텐데. 나 그 떡 한쪽만 먹자. 그 떡이 위에 얹혀 여태 소화가 되지 않는다. 천만다행으로 원장은 목숨을 건졌지만 학원은 풍비박산 났고 나는 다른 학원으로 일자리를 옮겼다. 새 학원에서는 좀처럼 자리를 잡지 못하고 있다. 이참에 학원 일을 그만두고 임용고사 준비에 매진해야 하는 건지도 모른다. 아니면 대학원을 알아볼까. 출판편집 일을 배워볼까. 고민만 한다. 고민만 깊다 만다. 이참에……

　가게를 줄게. 물리치려던 목소리의 방향으로 기어코 다시 고개가 돌아간다. 가게가 뭐라고. 세이렌의 노래도 아닌 것이. 속삭임도 아닌 것이. 애초에 귀를 막고 듣지 말았어야 했는데. 듣고 만 목소리의 여음이 머릿속을 맴돌며 바다에 뛰어들라고 유혹한다. 저는 수영을 못해요. 수영강사도 혀를 찼다고요. 음. 파. 음. 파. 물만 먹고 강습을 그만뒀어요. 꿈을 하나씩 모을 때마다 진주씨의 수명이 하루씩 단축될 것만 같은 몹쓸 기분이 든다.

꿈 11

⎯⎯⎯⎯⎯⎯

마녀와 말다툼을 한다. 됐어. 타고난 대로 사는 거야. 먼 데까지 가는 건 불가능해. 인간 따위가. 마녀가 빈정거린다. 나는 마녀의 말을 받아친다. 맞아. 인간 따위는 팔자대로 살아. 그런데 틀렸어. 우리는 어린이거든. 어린이와 인간은 종자가 다르거든. 잠은 얕다. 속이 다 보인다. 나는 마녀와 싸우면서 마녀와 나의 싸움에 귀를 기울인다. 무슨 구연동화 같군. 손인형을 팔꿈치까지 끼고. 머리와 턱에 손가락을 넣고. 마녀의 입에서 내 목소리가 나온다. 나의 입에서 그의 목소리가 나온다. 나의 턱을 그의 손이 움직인다. 내 손이 마녀의 턱을 움직인다. 마녀의 턱이 빠질 듯 덜렁거린다.

"미쳤구나! 지렛대로 삶을 들어 올릴 수 있을 것 같아?"

당연하지! 잘 봐! 나는 벌떡 일어난다. 지렛대로 튕긴 것처럼. 맹 스피드로.

반동과 함께 꿈의 앞 장면이 떠오른다. 옷 때문이다. 옷을 바꿔 입은 것이다. 아니다. 옷을 잘못 입힌 것이다. 나는 사력을 다해 위선의 인형 옷을 뜨고 있었다. 꽈배기를 잘 꼬아야 했는데. 바늘코를 하나 빠트렸다. 빠트린 코로 돌아갔다. 마녀의 집이었다. 색색의 털실 뭉치가 바닥을 굴러다니고. 벌거벗은 인형이 입을 뻐끔거렸다. 진심 같은 것에는 옷 좀 입히자. 남의 진심이 의심되면 너의 진심도 의심해봐. 너의 진심을 알리고 싶으면 남의 진심도 믿어보고. 멱살을 잡혔다. 남의 마음에는 음모만 있고 너만 진심이야? 그래? 그런 거야? 내 손은 인형의 입에 물려 절단 날 것만 같아서. 살릴 코는 살리고. 죽일 코는 죽이고. 다시 코가 빠져서 살릴 코를 죽이고.

자판기에 동전을 넣고 버튼을 눌렀다. 배출구에 떨어진 옷을 하나하나 집어 들었다. 옷에는 털이 많았다. 각자의 털옷들. 미완성의 털옷들. 자판기에 공급할 옷을 다 뜨지 못했는데. 털실이 부족해서 나는 남의 털을 뒤집어쓰고 어디를 가야 했다. 어디는 멀었다. 남의 턱으로 화를 내고 자판기에 동전을 넣어야 했다. 자판기 옆에는 마네킹. 마네킹은 앞치마를 두르고 있었다. 먼지가 날렸다.

어디에서. 어디는 멀었고 나는 너무 오래 밖에 나가지 않아서. 어쩌면 옛날의 예쁜 털옷을 돌려 입을 수 있어서.

간밤의 꿈은 투명하게 읽힌다. 진주씨의 역할을 대신 맡고 싶은 마음과 맡고 싶지 않은 마음과 맡았다가 잘못되면 어쩌나 두려운 마음과 의심과 불안과…… 감정의 앙금이 두껍게 가라앉은 이런 꿈을 수집 목록에 넣어도 되나.

밀린 설거지를 한다. 아무 꿈이나 천개를 모으는 게 아니다. 양질의 개꿈 천개인 것이다. 개꿈이란 뭘까. 양질이란 뭘까. 음식물쓰레기를 모아 종량제 봉지를 채운다. 봉지 안 밑바닥에는 걸쭉하고 탁한 물이 고여 있다. 의미의 불순물이 섞이지 않은 맑은 꿈은 어떤 방법으로 떠내는 것일까. 허용되는 불순물의 양은 몇 퍼센트일까. 그릇을 정리한다. 나무주걱에 기름을 먹인다. 수저를 수저통에 넣는다. 수저통 옆에는 거름종이와 면포가 있다. 싱크볼 아래의 수납장에는 채반이 있다. 창틀에는 방충망. 창밖에는 마른 나무. 나무를 본다. 나무는 목련이다. 가지에 꽃눈이 올라와 있다. 나무의 꽃눈을 보고 있으면 방충망의 격자는 흐릿해진다. 방충망의 격자에 맺힌 물방울에 눈을 맞추면 나무는 몇개의 산만한 선에 불과해진다. 일테면 초점의 차이일지도. 이런 건가요, 사장님? 혼자 묻고 혼자

답한다. 그럴 거야. 꿈도 의미를 읽으려 하면 무늬가 사라지고. 무늬를 살피려 하면 의미가 희미해지고. 개중엔 의미도 무늬도 따로 또 같이 보이고.

*

"인류가 만일 진화를 거듭해서요. 아무 결핍도 없게 된다면요. 꿈을 안 꾸게 될까요."

대보름 전이던가 후던가, 진주씨와 호두를 까면서 불쑥 이런 물음을 던진 적이 있다.

"글쎄. 꿈도 진화를 거듭하지 않을까. 마음도 머리도 벗어나서."

진주씨는 심드렁히 대답하고는 책장에 놓여 있던 황동 문진으로 호두를 쳤다. 호두는 쪼개지지 않았다.

"줘보세요. 제가 해볼게요."

나는 진주씨의 손에서 문진을 빼앗았다. 꿈을 꿈이라 해도 꿈일 수 없는 세계로부터. 문진에 새겨진 글자들. 호두를 두드렸다. 톡톡. 노크를 하듯이. 기척도 없군. 호두를 내리쳤다. 머리통을 갈기듯이. 호두는 박살이 났다.

"머리를 벗어난 꿈도 꿈일까요."

박살 난 호두 껍데기 속의 우주. 작은 뇌의 부스러기. 나는 부스러기를 집어먹었다.

"호두 껍데기 속에 갇혀 있어도 나는 무한공간의 왕이라네. 햄릿이 그랬는데."

"나쁜 꿈을 꾸지만 않는다면. 뒤에 조건절이 붙잖아."

검색창을 열었다. 호두 까는 법,이라고 입력한다는 것이 그만 뇌를 까는 법,이 되고 말았다. 지우고 다시. 호두 까는 법.

"뇌간이라는 부위가 있대."

진주씨는 비닐봉지 안에서 호두알 두개를 더 꺼냈다.

"거기에 스위치 같은 것이 있어서 꿈이 뇌 바깥으로 새나가지 못하게 한다던데,"

그러고는 호두알과 호두알 사이에 손가락으로 선을 그었다.

"뇌와 뇌 사이, 그래서 뇌간이라는 것 같아."

나는 호두 까는 법에서 눈을 떼고 진주씨의 손가락을

물끄러미 쳐다보았다.

"아니죠?"

"아니지."

꿈12

배가 아프다. 이것은 복부몽. 나는 지금 배로 꿈을 꾸고 있다. 머리도 없이. 허벅지도 없이. 뇌가 전부는 아니야. 뇌가 없어도 이렇게 잘 보이잖아. 내시경 호스가 식도를 타 넘고 들어와 내장을 살살이 관찰한다.

밝다.

처형의 밤이 지나고 날이 밝아온다.

새소리가 들린다. 벌판은 넓다. 등이 굽은 청소부가 긴 집게를 들고 바닥에 굴러다니는 모가지들을 모아 마대자루에 담고 있다. 나무에서 갓 떨어진 모과처럼 모가지들은 향긋하고 상처가 깊다.

배가 아프다. 다 주워가지 말라고 청소부에게 외치고 싶은데 목소리가 나오지 않는다.

나는 마른 나뭇가지에 거꾸로 매달려 시계추처럼 흔들린다. 똑딱똑딱. 시계가 간다. 시계는 시간보다 빨리 간다. 하늘은 더없이 푸르다. 바람은 사정없이 부드럽다. 위액이 역류한다. 맑고 노란 물이 코의 점막을 자극하고 귓바퀴로 흘러나온다. 하늘색과 노란색은 잘 어울리고 나는 괜찮다. 어지럽지 않다. 아프지 않다. 두 손을 다소곳이 배꼽 밑에 모으고 시계추에 맞춰 숨을 조절하면 톱날도 칼날도 아무렇지 않다.

청소부의 마대자루는 불룩하다. 구름 사이로 쏟아진 햇살이 날카롭게 마대자루에 꽂힌다. 괜찮다. 자루는 튼튼하다. 벌판에 우뚝 선 참수 기계가 반짝인다. 참수 기계에 앉아 땀을 닦고 숨을 고르면서도 청소부는 기죽지 않는다.

꿈 13

플랫폼이 멀어진다. 열차를 타고 있다. 이상한 일이다. 멀어져야 하는 건 열차인데. 나의 역할은 늘 간발의 차로 열차를 놓치고 쩔쩔매는 것인데. 나는 역방향 쪽으로 앉아 있다. 산비탈을 깎아 만든 밭이 줄곧 차창 밖을 앞질러 간다. 좌석은 지나치게 좁다. 맞은편에 앉은 여자아이와 무릎이 맞닿는다. 나의 옆자리는 비어 있다. 손을 놓아본다. 알 것 같다. 열차를 늘 놓치는 내가 앉았어야 하는 자리. 늘 놓쳐서 늘 비어 있는 자리. 무언가 어긋났다. 그렇다면 열차에 인생을 통째로 두고 내리는 것이 나의 다음 역할인가.

초조함을 견디지 못하고 나는 몸을 반쯤 일으켜 객차를 둘러본다. 통로 쪽으로 얼굴을 내밀어본다. 제복을 입은 승무원이 지나간다. 승무원의 소매를 붙잡고 나는 아무렇게나 입을 연다. "현미를 영어로 뭐라고 하나요?"

승무원은 위아래로 나를 훑어보고 회심의 미소를 짓는다. 오랫동안 이 질문을 기다렸다는 표정이다. 그는 내 머리를 쓰다듬는다. 입을 굳게 다물고 있는데도 나는 그가 전하는 것을 단박에 알아듣는다. 브레인 라이스. 나의 머릿속에 쌀뇌가 가득하단 말이지. 쌀뇌는 구불거리고 선로는 엉켜 있다. 열차는 덜컹거리고 뇌매무새는 흐트러져 있다. 나는 뇌매무새를 가다듬어야 한다. 뇌매무새에 타래를 달아야 한다. 타래로 이어지는 것은 경유지의 역명. 들판을 넘어. 사막과 호수를 지나. 어디부터 어디까지. 나는 내릴 곳을 놓친다. 타래를 가위로 잘라서는 안 된다.

맞은편에 앉아 있던 여자아이는 어느새 차창 밖에 있다. 플랫폼에서 기다리던 할머니와 오래 포옹을 한다. 아이가 앉았던 자리에는 동전지갑이 있다. 두고 내렸구나. 저 지갑 안에 어쩐지 꼬깃꼬깃 욱여넣은 내 인생이 들어 있을 것 같다. 내 인생을 열차에 버려두고 아이가 할머니와 함께 멀어지는 것만 같다.

앞치마를 두른 남자가 있다. 남자는 나의 친구다. 틸다 스윈턴의 얼굴을 하고 있지만 틀림없는 나의 소꿉친구. 남자는 주전자의 물줄기를 섬세하게 조절하고 있다. 유리포트에 검은 액체가 방울방울 떨어진다. 못생긴 뒤통수의 맛이 나겠군. 식으면 식은 맛이 나겠지. 나는 탁자에 앉아 손으로 턱을 괴고 생각한다. 남자의 민머리 뒤통수가 압도적으로 못생겼기 때문이다. 나는 기지개를 켠 다음 그의 곁으로 다가간다. 유리포트 위에 얹힌 깔때기에는 진흙탕물 같은 걸쭉한 액체가 넘칠 듯 고여 있다. 거품이 부글거리고 알 수 없는 건더기들이 떠다닌다.

"B급 천국을 거르는 중입니다."

남자는 손님을 대하듯 나에게 예의 바른 미소를 지으며 말을 건넨다. 자신을 천사라고 소개하며 가슴에 달린 이름표를 보여주고는 주전

자를 흔들어 남은 양을 어림한다. 야. 너 왜 그래. 우리 친구잖아. 나는
남자를 흔들어서 일깨워주고 싶지만 주전자는 묵직하다. 다 비울 때까
지는 아직 멀었다. 남자는 손목시계를 본다. 어서 일을 끝내고 싶어 하
는 눈치지만 원하는 대로 될 리가 없다. 시큼한 냄새를 풍기는 끈적한
찌꺼기가 깔때기의 목을 막고 있어 유리포트에는 더이상 검고 맑은 물
이 떨어지지 않는다.

"지옥의 벼루를 갈아도 이것보단 낫겠죠."

남자는 넌더리가 난다는 듯 고개를 가로저으면서도 미소를 잃
지 않는다. 피로가 밀려온다. 하품을 참는 남자의 얼굴은 괴상하게
일그러진다. 피부와 근육과 광대뼈가 따로 움직이고 표정은 갈팡
질팡 흩어진다. 그제야 나는 카페에서 하릴없이 시간을 보내며 무
엇을 기다리고 있었는지 깨닫는다. 우리는 근무 교대를 해야 한다.
남자가 주전자의 B급 천국액을 다 걸러내면 나는 깔때기에 남은
찌꺼기를 밀가루풀과 섞어 반죽을 하게 되어 있다. 반죽을 얼굴에
두껍게 펴 바른 다음 땡볕에 굳혀서 천사의 탈을 만들어야 한다. 남
자도 내가 제작한 틸다 스윈턴의 탈을 쓰고 미소에 시달리며 천사
역할을 하고 있는 것이다.

"가봐야 해요." 남자는 목덜미를 두드리며 업무 일지에 체크를 한다. 깔때기에는 먼저 따른 액체가 그대로 고여 있는데 무턱대고 주둥이를 기울여 주전자를 비우려 한다. 이건 반칙인데. 나는 남자를 제지할 방법을 알지 못한다. 천국이 넘친다. 걸러지지 않은 더러운 천국이 깔때기의 가장자리를 타고 흘러 탁자에 바닥에 떨어진다. 나는 속수무책으로 허둥거린다. 천국을 피해야 한다. 손에 잡히는 대로 문을 열고 도망쳐 나오자 곧바로 빨래방이다. 플러그마다 콘센트가 꽂혀 있고 빙글빙글 통이 돌아가고 세탁기 도어가 덜컹거리며 구정물이 넘친다. 마찬가지구나. 다시 문을 열고 나오자 이번엔 화장실이다. 볼일을 보지도 않았는데 변기에서 똥물이 넘치고 타이밍은 엉망이고 나는 발끝이 부족하고 족을 쳐라. 족을. 남자의 입술은 움직이지 않는다. 천사의 미소가 넘친다.

5장

진동률 0%에 제로율 핑크%

　　　　수면목화를 뒤집어써서 이렇게 된 거야?

몽돌을 거두어 파이프로 만 다음 아침까지 말려라

　　　　　　약사지게

　　　수첩용접

특수재화의 구름 속에서

　　　　　　　　크루통 같은 생일

변화에는 물에 빠지는 두개의 아치가 필요하다

성곡포인트

왜라니인형

　얕은 잠 속을 들락날락하며 메모해둔 것을 보니 이 모양이다. 맥락은 휘발되고 파편으로만 남은 요령부득의 말들. '몽돌'이나 '목화'의 출처는 그럭저럭 가늠이 되는데 나머지는 어디서 온 것일까. '약사지게'는 '약삭빠르게' 같은 부사어일까. '약사+지게' 형태의 합성어일까. 머릿속에 저장된 음절들이 마이크로 단위로 쪼개졌다가 멋대로 결합하여 이런 말들을 만들어낸 것인지 나름의 감정이 나름의 논리로 길어 올린 말들인지 도무지 알 길이 없다. 내 마음과는 단절된 말들을 이렇게 배열해놓고 보니 20세기 초의 무슨 형태실험 시처럼 보이기도 한다. 내친김에 저녁 모임에 가지고 가서 시라고 우겨볼까. 저녁에는 꿈의 텍스트 낭독 모임이 있다. 오늘 주제는 꿈과 시이다.

*

　우리는 각자 골라온 시들을 돌아가며 읽었다. 김종삼, 라이너 마리아 릴케, 이제니, 실비아 플라스, 강성은, 박서원, 합해서 17편이었고 진주씨의 낭독 차례는 마지막이었다. ……꿈은 짐승이 아니라는 내 냄새…… 욕조에 뜨거운 피가 흘러넘쳐……『난간 위의 고양이』라는 시집에 실린 네편의 시를 읽은 다음 진주씨는 물을 한모금 마셨고, 페이지를 넘기며 피바다에 섹스,라고 낮은 소리로 덧붙였다. 나는 또다른 시의 제목인가 했다. 다른 이들도 비슷한 생각을 했던 것 같다.
　"몇 페이지예요? 목차에서는 못 찾겠어요."
　진주씨는 시집을 내려놓고 대답했다.
　"아니요. 어제 인터넷으로 뭘 좀 찾다가. 한 국립기관

홈페이지에 들어갔거든요. 그런데 이런 박물관이 있는 거예요."

"피바다에 섹스 박물관이요?"

둘러앉아 있던 우리는 웃었다.

"그런 줄 알고 저도 놀랐죠. 음란 사이트 같잖아요. 무려 국립기관에. 그런데 글자를 키우고 다시 보니까 피바디더라고요. 피바다에 섹스가 아니라 피바디 에섹스."

진주씨는 화이트보드에 'Peabody Essex'라고 스펠링을 옮겼다.

"미국 동부에 있대요. 착각한 게 우습기도 하고 피바다가 아니라서 조금 실망스럽기도 했는데. 갑자기 새벽의 꿈이 불쑥 떠오르더라고요. 부리나케 적었어요. 오늘 낭독할 시를 고르다보니 저도 꿈에 제목을 달고 싶어졌고요."

꿈15 캐리 블러디

장롱이 있다. 할머니의 박달나무 장롱이 밖에서 비를 맞고 있다.

장롱 안에는 캐리가 있다. 장롱 문짝은 꽉 닫혀 있는데 나는 어째서 캐리가 잘 보인다. 캐리에게는 내 할머니의 피가 흐른다. 캐리는 생리를 한다. 캐리는 속옷을 내린다. 캐리는 장롱이 변소인 줄 안다. 한 손에는 파란 비닐봉지가 들려 있는데 비닐봉지 안의 생리대는 전부 누가 쓰고 버린 것들이고 휴지는 없다. 피자매 스릴러에는 피가 부족하고 말라붙은 검은 피의 검음과 죽은 할머니의 죽음.

캐리는 뜨겁다. 캐리는 문짝을 두드린다. 문에는 맹꽁이자물쇠가 걸려 있고 나의 손에는 곡괭이가 들려 있다. 나는 흥얼거린다. 생리는 껍질을 벗긴 순무와 같다네. 껍질은 얇다네. 뿌리는 깊다네. 흙은 검다네. 피는 붉다네. 생리의 날짜 수만큼 순무는 땅속에

86

파묻혀 있고 나는 순무를 다 캐야 한다. 내 손은 피범벅이다. 순무를 다 캐기 전에는 캐리의 생리가 멈추지 않을 것이다. 비도 그치지 않을 것이다. 캐리는 귀를 기울인다. 캐리의 귀에 빗소리. 박달나무 장롱에 떨어지는 빗소리.

잠시 정적이 흘렀다. 턱을 괸 손. 머리를 다시 묶는 손. 시집을 들춰보는 손. 꿈이 적힌 종이의 모서리를 접었다 폈다 하는 손.

나는 조금 심란했다. 보태겠다더니. 정말 보탤 모양이다. 차분히 시를 읽다가 농담처럼 피바다에 섹스 얘기를 하다가 정색하고 직접 꾼 캐리 블러디 꿈이라니. 나는 아직 결심이 선 건 아닌데. 가게에 나오는 날을 일단 이틀에서 사흘로 늘리기는 했다. 수요일. 금요일. 토요일. 오늘은 일요일이고 일요일에는 특별한 사정이 없다면 나오니까 실제로는 나흘인가. 가게에서 보내는 시간이 점점 길어지고 있다.

"이 캐리가요, 혹시 영화 속의 그 캐리인가요?"

턱에서 손을 떼고 조심스레 말문을 연 건 설아씨였다. 설아씨는 영화 모임에도 꾸준히 나오는 멤버인데 마침 우리는 두어달 전 가게에서 「캐리」를 함께 본 터였다. 영화 속의 그 캐리는 캐리 화이트. 하얀 캐리라는 거네요. 지옥판 백설공주 같아요. 엔딩 자막이 올라갈 때 설아씨가 그렇게 중얼거렸었지, 아마.

"그렇지 않을까요," 진주씨는 입술을 만지며 말했다. "아는 캐리라고는 그 캐리뿐이거든요. 희한하죠.「캐리」를 본 게 한 이십년 전인가? 내용도 얼굴도 기억이 안 나는데. 실은 이 꿈도 한나절 넘게 지나 생각이 났어요. 피바다를 피바다로 잘못 봐서 잊었던 꿈이 떠오른 걸까. 캐리가 제 꿈속에서 생리를 해서 피바디를 피바다로 잘못 읽은 걸까. 뜸 들일 시간이 이번엔 좀 오래 걸렸던 걸까. 밥할 때도 뜸을 들이고 커피 내릴 때도 뜸을 들이듯이 꿈을 떠올리는 데도 뜸 들이기 같은 게 필요할 때가 있잖아요…… 아니면 뭐 그냥 폐경이 멀지 않아서 싱숭생숭한 마음 때문이었던 것도 같고."

폐경에 대한 솔직한 말로 일상이 환기되자 약간의 웃음과 함께 대화는 돌연 활기를 띠었다. 용한 한의원 소개시켜드릴까요…… 생리컵은 써보고 졸업하셔야죠, 진짜 신세겐데…… 폐경이면 생리통도 굿바이겠죠, 부럽다…… 학교 선배가요, 생리 공결 엿 먹으래요…… 나도 얼결에 분위기에 휩쓸려 간밤에 적어두었던 메모를 내놓았다. 시도 아니고 꿈도 아닌데요. 꿈에서 떠내기는 떠냈고 시 비

슷해 보이기도 해서…… 하하. 언젠가 구름이 '특수재화'
로 고가에 거래될지도 모르죠…… '성곡포인트'는 성곡
이라는 이름의 과학자가 예측한 UFO 출현 지점이라면
되겠네요…… 우리 다음번엔 피의 꿈을 모을까요? 제 꿈
도 가져올 수 있을 것 같아요……

　이런 농담 섞인 대화를 유도하려고 진주씨는 오늘따라
장황했던 건가.

*

　가게를 정리하고 진주씨와 함께 문을 나서면서 나는 조
심스레 물었다.
　"호르몬 치료 들어가면 생리가 멈춘다면서요."
　"그렇대."
　"개꿈이 아니네요?"
　"그러게."

*

  버스 창문에 머리를 기대고 진주씨를 생각한다. 생리를
하는 진주씨. 생리를 하는 나이일지 아닐지를 곰곰이 따
져본 적은 없지만 대강 갱년기를 지났겠거니 짐작했었나
보다. 흰머리가 많으니까. 겨우 흰머리 가지고. 진주씨에
대해 아는 바가 거의 없다는 걸 새삼 깨닫는다. 창밖에는
접촉 사고를 일으킨 두대의 승용차가 도로 한가운데 서
있다. 차 문을 열고 나온 운전자들이 서로 삿대질을 하고
버스는 느릿느릿 삿대질하는 손가락을 지나. 주상복합건
물의 불빛을 지나. 유리창에 반사된 버스 안의 승객들이
거리에 둥둥 떠 있는 것처럼 보인다. 게임을 하며. 음악을
들으며. 혼령들 같군. 혼령이 벨을 누른다. 혼령이 자리에
서 일어난다. 혼령들에게 맞추었던 먼 초점을 가깝게 당
기자 창문에 기댄 나의 얼굴이 보인다. 나의 얼굴을 보는
내 눈과 마주친다. 눈을 피한다. 피바디 에섹스 박물관. 휴
대전화의 검색창에 단어를 넣어본다. 피바디 에섹스 박물
관은 미국 매사추세츠주 세일럼에 있다. 마녀사냥의 도시

세일럼에 있다. 세일럼에는 비가 많이 내리고 세일럼은 지금 한낮이고 나의 도시는 밤이 깊어간다. 에섹스는 영국 남부에 있고 에섹스에서 키우던 에섹스 돼지는 멸종되었고 돼지피를 뒤집어쓴 지옥의 장엄한 여왕 캐리는 박달나무 장롱 안에서 생리를 한다.

정류장에서 헤어지며 진주씨는 내게 세개의 꿈을 더 건넸다. 전부 제목이 붙어 있었다. 자각몽을 수련하는 친구가 조언을 한 적 있어. 제목을 달아두면 기억도 쉽게 나고 패턴도 발견할 수 있다고. 내 생각엔, 발견보다는 배열이지만. 패턴의 포인트는.

패턴이야 발견이건 배열이건, 진주씨의 목은 추워 보였다. 나는 버스에 먼저 오르는 진주씨를 불러 세워 목도리를 건네고 싶었다. 내 따뜻한 목도리의 패턴은 십자 꽈배기였다. 그는 내가 부르는 소리를 못 들었는지 못 들은 척하는 건지 뒤를 돌아보지 않았다. 버스의 문이 닫혔다.

꿈16 클라인씨 병

　장례를 치르고 나와 국도변을 걷고 있다. 덥다. 나는 상복을 입고 있다. 빈털터리다. 검은 원피스는 원단이 두껍고 주머니가 없다. 목둘레가 답답하고 겨드랑이에 땀이 차고 도로에 바투 붙은 무채색 집들은 하나같이 비어 있다. 노인들은 요양원으로 떠났고 개들은 떠돌이가 되었다. 발에는 물집이 잡히고 언제부턴가 나는 유모차를 미는 중이다. 유모차 안에는 사람이 될지 들개가 될지 아직 알 수 없는 아기가 포대기에 싸여 있다. 아기를 데려다주면 사례비를 받을 수 있을 것이다. 돈이 생기면 버스표를 살 것이다. 들개가 된 아기와 함께 늙어간다면 정답고 감격스럽겠지. 들개를 길들이면 누렁이가 되니까. 옷이 답답하다. 몸에 지나치게 잘 맞아 큰 동작으로 움직일 수가 없다. 그래도 들개가 되도록 아기를 내버려두어서는 안 될 거야. 나는 상복에 갇혀 혼자 늙어가고 있다. 도로는 완만한 오르막이다. 유모차를 밀고 있어서 걸음이 더디다. 트럭이 지나가며 먼지를 날린다. 눈이 맵다. 입안에 모래가 씹힌다. 세수를 하고 입안을 헹굴 수 있으면 좋을 텐데 나는 빈털터리다. 침을 뱉는다. 눈을 비빈다. 들개가 보인다. 차에 치인 들개가 지열이 끓는 도로에 누워 숨을 헐떡이고 있다. 들개의 피가 잡초로 덮인 샛길 쪽으로 쏟아지며 가야 할 방향을 가리킨다.

여기다.

나는 육중하고 고풍스러운 현관문 앞에 선다. 청동 들개의 머리가 문고리를 물고 있다. 문고리를 두드리자 사제복을 입은 남자가 문을 열어준다. 늦었군요. 남자는 고개를 끄덕이고 나에게서 유모차의 손잡이를 건네받는다. 돈을 받기 위해 나는 남자를 따라 안으로 들어선다. 남자의 목덜미 아래로 뾰족하게 자란 제비초리가 보인다. 머리를 자른 지 달포쯤 되었을 것이다. 성령과 함께. 남자는 낮게 속삭이며 유모차에서 포대기를 들어 올린다. 포대기를 끄르자 아기의 얼굴이 나타난다. 다행이다. 들개가 아니라 사람이 되어가는구나. 그렇지만 아기는 기묘한 얼굴을 하고 있다. 한가운데로 쏠린 눈코입의 무게 때문에 얼굴이 뒤통수 쪽으로 움푹하게 함몰되어 있다. 클라인씨 병을 앓는 게 틀림없다. 병이 아닙니다. 남자는 내 마음을 읽은 듯 빙그레 웃으며 성호를 긋는다. 내면과 외면을

94

매끈하게 이어주는 축복의 곡면 기하학이죠. 남자는 나의 팔에 아기를 안겨준다. 아기가 칭얼거린다. 아기의 얼굴은 깊다. 목과 뒤통수를 한쪽 손으로 단단히 받치고 있는데도 아기의 얼굴은 블랙홀처럼 깊다. 빠져나갈 수 없다. 클라인씨에게 나는 속은 것 같다. 추락하는 것 같다. 아기의 얼굴 속으로 떨어져 오래전부터 혼자 늙어가는 것 같다.

꿈17 벌집의 진술서

진술서를 써야 한다.

마루에 전지를 펼쳐놓고 내용을 궁리한다. 무릎을 꿇고 등을 구부리고 팔꿈치로 바닥을 괴고 존경하는 재판장님. 김모를 엄벌에 처해주십시오.

벌이 윙윙거린다. 발이 저리다. 손에 연필을 쥐고 있지만 이렇게 웅크리고 있으니까 뒤에서 보면 다림질을 하는 줄로 알 것이다. 손에 힘을 잘못 주면 종이가 타고 구멍이 나겠지. 다시 시작해야 할 것이다. 손가락 마디에 굳은살이 만져진다. 위에서 아래까지 옆에서 옆까지 깨알같이 종이를 메워야 하는데 경애하는 재판장님.

김모는 자석입니다. 자석이 철가루를 끌어당겨 나침반이 망가지고 위계의 무늬가 꼼짝없이. 필체는 그림에 가깝고 나의 머릿속은 벌집 모양에 가깝다. 역사냐 평화냐 그것이 무늬입니다. 무늬는 추태입니다. 무늬는 미친개입니다. 깨져도 무늬입니다. 떠오르는 단어마다 육각형이고 경애하는 수령님.

서정적 판결을 내려주십시오. 자필로 써주십시오. 무차별의 띄어쓰기에 육각형은 육각형과 여섯번이고 여섯번은 여섯번과 육각형과…… 사람이잖습니까. 육각형이 아니잖습니까. 사람이 말이다. 간격도 유지하고 라인도 있어야 하는데. 라인이 북적인다.

라인이 북적인다. 비참하게 북적인다. 어느 틈에 나는 식판을 들고 서서 배식 순서를 기다리고 있다. 배가 고프다. 배가 고프지만 이렇게 라인이 북적인다면. 손톱이 더럽다면. 벌집을 잘못 건드렸기 때문이다. 한번 흐트러진 육각형은 바로잡을 수가 없다. 발은 미끄럽고 북적임은 끝이 나지 않는다. 집으려는 음식은 번번이 동이 나고 밥과 국에는 부정적 뉘앙스가 쌓인다. 뉘앙스는 거치적거린다. 이웃도 아웃도 불가능하다.

"같이 먹을래?"

뒤에서 소리가 들린다. 고개를 돌린다. 김모다. 불가능하다니까. 김모가 나의 그리운 친구 수연의 얼굴을 하고서. 나는 뒷걸음치다가 발이 꼬여 비틀거린다. 육각형이 다시 흐트러진다. 수연은 아무것도 모르고 반가운 미소를 짓고 있는데 김모의 식판에는 배식대의 맛있는 반찬이 종류별로 가득하고 육각형이 또 흐트러진다. 순서가 멀었는데 무슨 재주로 저 반찬을 다 담았을까. 소용없는 짓이야. 그따위 속임수에 넘어갈 줄 알았어? 그렇지만 배가 고프다. 거짓말은 티가 나는 것 같다. 나는 왠지 고무장갑을 낀 채로 밥풀과 고춧가루가 붙은 빈 식판을 들고 있다. 진술서를 써야 하는데. 또렷하게. 위협적으로. 안주머니에는 끝이 뾰족한 쇠꼬챙이가 들어 있다. 너를 찌를 거야. 수연아. 푹 찌를 거야. 너의 추행을 낱낱이 고발할 거라고.

수연의 피로 내 손은 더러워질 것이다. 수연은 아무것도 모르지 않는다. 눈동자가 흔들린다.

꿈18 광흥창

━━━━━━━━━━━━━━━━━━

광흥창을 헤맨다. 땅거미의 시간이 오고 있다. 서둘러 집에 가야 하는데 광흥창을 빠져나갈 방법이 찾아지지 않는다. 대로를 지나도 골목으로 접어들어도 똑같은 모양의 낡은 건물들이 등을 돌리고 앉아 있다. 비닐봉지가 굴러간다. 번지수 푯말이 붙은 대문이나 가게의 간판은 아무 데서도 보이지 않고 나는 마음이 급하다. 세탁기를 돌리고 나온 것이 며칠 전이더라. 돌려만 놓고 널지를 않았으니 빨래는 썩어갈 것이다. 햇볕과 바람에 빳빳이 말려야 소맷자락의 핏자국이 사라질 텐데. 그다음엔 뭐다? 모른다. 모른다? 무슨 증거가 남았고. 봉쇄. 격리. 인멸. 모른다? 무슨 끊김. 무슨 꺾임. 과연 광흥창이다. 광흥창은 유래가 깊다. 광장의 진창길로부터 광장의 흥분까지 광장의 역사를 축약하여 광흥창이라 부른다. 광장은 사라지고 광흥창만 남아 먼지가 날리고 골목을 지나 골목의 골목은 폐교의 복도처럼 음산하다. 복도는 중앙선이 없다. 아무 데서나 막힌다. 바닥에 왁스를 칠하면 좋겠지만. 신발 밑창에 진흙이 끈적하게 달라붙는다. 모퉁이를 돈다. 무엇이 있다.

무엇이. 검은 것이.

무엇이. 모로 누운 검은 짐승 같은 것이.

나는 발소리를 죽이고 다가간다. 짐승이 아니다. 사람이다. 사람이 검은 모피에 덮여 있다. 나는 모피 앞에 무릎을 꿇는다. 모피의 한쪽 끝을 들어본다.

벌거벗은 몸이 있다. 벌거벗은 몸이 엎드려 있다. 머리카락은 떡이 져 있고 맥박은 끊어진 지 오래다. 팔과 다리와 목의 꺾인 각도는 일부러 만든 것처럼 반듯하다. 인위의 끔찍한 깊이구나. 신물이 난다. 지긋지긋하다. 나는 이 각도가 지시하는 정보를 읽을 줄 안다. 이자는 연못가에서 유괴되었다. 허리끈에 목이 졸렸다. 변소의 배설물 속에 은폐되었다. 오물은 누가 닦아냈고 생각은 어디서 넘어온다. 맞다. 빨래는 어쩔 수 없었어. 서둘러 집을 나서야 했다. 벽너머에서 싸우는 소리와 왁자한 욕설이 들렸고 신음이 섞였다. 벽에는 구멍이 뚫려 있었고 구멍은 유혹적이었고 나는 목격자가 되고 싶지 않아 등을 돌렸지만 소용이 없었지. 깨진 머리와 흥건한 피의 양이 상세히 입력되었고 누가 육중한 돌덩이를 들어 올렸지. 너의 머리를 겨냥했지. 깨진 머리에서 삶의 내력이 쏟아졌지. 그렇지만 너는 이자가 아니다. 이자는 그자가 아니다. 이자는 검은 모피에 덮여 있다.

　　모퉁이를 돈다. 심정적 오욕을 오물처럼 뒤집어쓰고 나는 느릿느릿 걷는다. 증거를 인멸하려는 것인지 수집하려는 것인지 용의자인지 경찰인지 쫓기는 것인지 쫓으려는 것인지 광장은 사라지고 광흥창만 남았는데. 말릴 수가 없구나. 사람을 만날 수 없는 구역에서 사람을 만난 사실에 적의가 치민다.

　　흙 속에 박힌 증거는 단단히 자리 잡은 돌멩이와 같다. 발부리로 애써봐도 도무지 파낼 수가 없다.

진주씨의 꿈을 읽다가 아침에 망친 메모를 다시 펼친다. *왜라니인형*. 왜라니인형으로부터 띄엄띄엄 추적하는 미스터리. 나도 쫓기는 것인지 쫓는 것인지 갈피가 잡히지 않았는데.

역순으로 떠오르는 꿈이 있다. 끝에서 시작으로. 눈을 뜨는 순간이 끝이니까 끝이 가장 선명하고 그다음에 앞으로 앞으로 거슬러 올라간다.

아침에도 그랬다. 왜라니인형,이라고 노트에 옮겨 적자 왜라니인형을 둘러싼 맥락이 어렴풋이 살아났다. 왜라니인형이 들어 있는 가방을 잃어버렸다. 나는. 눈을 떴다. 이것은 툭 끊어진 엔딩. 곧이어 앞 장면에서 들렸던 목소리. 왜 죽였니. 왜 죽였어. 맞다. 살육이 있었다. 꼬리에 꼬리를 물고 다시 앞 장면. *두개의 바디를 가진 인간식물*이 하루에 하나씩 죽임을 당했다. 왜 죽였니. 왜 죽였어. 아니야. 죽이지 않았어. 그것은 생명력을 희귀한 극한으로 끌어올리는 실험이었어. 다시 앞의 앞으로. 나는 손으로 입을 틀어막고 욕조에 숨어 있다. 멱살을 잡히지 않으려고 반칙을 했다. 늘어진 테이프를 조작하며 시간을 끌었고 경찰이 다가왔고 뛰어야 했는데. 뛰는 사람만은 예외였는데. 뛰는 사람에게 경찰은 비열함의 벌금을 물릴 수 없었는데. 어떻게 뛰지. 어떻게 적어야 하지. 떠오르는 순서대로 적어야 하나. 아니면 꿈꾼 순서를 살려 재배열 해야 하나. 무엇을 앞에 적고 무엇을 뒤에 적어야 할지 헷갈리고 헷갈림의 마음이 어느새 꿈을 오염시키고 역류의 물살은 그 앞의 앞의 앞에까지 닿지 못했다.

역류하는 꿈을 옮길 때 내 노트는 마치 시간거울인 것만 같다. 왼쪽과 오른쪽 대신 끝과 시작이 뒤바뀐 거울. 왜라니인형은 끝이자 시작이다. 왜라니인형을 끝으로 눈을 떴기에 끝이며 왜라니인형으로부터 떠오름이 시작되었기에 시작이다. 왜라니인형의 반대편엔 무엇이 있었을까. 왜라니인형이 들어 있던 가방을 거슬러 살육을 거슬러 쫓김과 실험을 거슬러 시작이자 끝인 그 무엇이 거울을 통해 어렴풋이 비칠 수 있다면. 불현듯 또 되살아난 그 앞의 앞의 앞 장면. 혹은 옆 장면. 실험은 실패였다. 기계는 오작동했고 벌거벗은 바비들이 작은 산을 이루고 있었다. 바비들의 해체된 팔다리, 해체된 머리, 해체된 몸통이 수북

이 쌓여 있었다. 어쩌면 이것은 시간여행 추리물의 찢어진 페이지. 나는 그 추리물 속에서 왜라니인형의 정체를 비틀비틀 쫓다가 실패한 초라한 탐정이 된 기분이다.

진주씨의 들개는, 광흥창은, 어떤 순서로 떠올랐을까. 순서에 관해서라면, 다음에 만날 때 물어볼 수 있을 것이다. 실은 다른 것을 묻고 싶지만. 언제 꾼 꿈인가요. 어떤 마음이 담긴 꿈인가요. 왜 죄다 이렇게 피가 많이 흘러요. 진술서를 써본 적이 있나요. 법원에 가본 적이 있나요. 김모는 누구예요…… 그렇지만 묻지 않을 것이다. 의미를 캐지 않는 것. 그것이 진주씨와 나 사이의 불문율이니까. 꿈을 적은 문서파일을 메일로 보내달라고 할지는 조금 더 생각해보아야 할 것 같다.

6장

아침인가. 그런 것 같다. 피. 열쇠. 슬리퍼. 빛이 든다. 아침일 것이다. 감은 눈 속은 밝다. 밝고 붉다. 입이 탄다. 피. 열쇠. 슬리퍼. 나는 페이스트리가 된 기분이다. 겹겹이고 얇다. 경험해본 적 없는 섬약한 감정이 이불 대신 나를 덮고 있다. 숨을 쉰다. 숨소리와 함께 한겹이 부서진다. 조심하자. 숨을 잘못 쉬면 다 부서진다. 한겹은 안개가 자욱하다. 입자가 움직이고 부스러기가 흐트러진다. 버터를 발라놓았는데. 버터는 방수가 되지 않아요. 산소가 필요하지만 숨을 참고. 숨을 죽이고. 가지 마. 한겹은 불가마다. 뜨겁지는 않다. 열이 날 뿐이다. 열 때문에 등껍질과 날개뼈 사이의 공간이 부풀어 오른다. 나는 미열의 돔 속에 웅크리고 눈을 뜨지 않는다. 숨을 뱉는다. 숨을 들이쉰다. 산소가 부족해서. 페이스트리가 부서진다. 독감이니까 밖에 나가면 안 된다고 했지. 의사가. 기침이 난다. 학원에 전화를 해야 하는데. 약을 먹어야 하는데. 이불이 구겨진다. 피. 열쇠. 슬리퍼,에서 꿈은 떠오를 듯 더 떠오르지 않는다. 무슨 일이 있었지. 다음엔 피의 꿈을 모으자고 했는데. 지금 잡아둬야 하는데. 피. 열쇠. 슬리퍼. 슬리퍼는 미끄럽고 열쇠는…… 열쇠를 놓치지 않으면 꿈을 이어서 꿀 수 있다. 열쇠를 돌리면 있던 곳으로 돌아갈 수 있다.

꿈 19 피. 열쇠. 슬리퍼

안마당을 가로질러 문을 연다.

흰 욕조가 있다. 욕조에서 김이 솟는다. 공동욕실이에요. 주인의 목소리가 들린다. 욕실은 따뜻하고 습하다. 타일이 반짝인다. 격자무늬가 빈틈없이 벽을 메우고 있다. 검은 줄눈은 가늘고 또렷하다. 모서리는 단정하고 날카롭다. 내 잠의 곡선은 욕조의 둥근 가장자리와 이어진다.

욕실 창밖에는 눈이 내린다. 바람은 없고 눈송이는 가벼워서 땅에 닿을 새도 없이 사라져버린다. 어느새 옆에는 진주씨가 다가와 있다. 진주씨는 욕조에 걸터앉는다. 진주씨의 엉덩이에 내 잠이 닿는다. 귀 뒤로 넘긴 머리카락. 관자놀이의 푸른 혈관. 옆모습에 생경한 웃음이 흘러내리고 창밖에는 눈이 온다. 나는 실눈을 뜬다. 속임수구나. 저것은 눈송이가 아니다. 눈송이를 빙자한 애벌레들이다. 통통한 애벌레들이 눈송이처럼 날린다. 밤벌레도 섞여 있다. 배추벌레도 섞여 있다.

   욕조 안을 들여다본다. 희고 멀다. 깊이가 가늠되지 않는다. 옥상에 올라 머리를 길게 빼고 아래를 내려다보는 느낌이다. 목욕을 할 수 있을까. 욕조의 바닥은 너럭바위일까 스펀지일까. 피. 열쇠. 슬리퍼. 무엇을 떨어트려볼까 나는 망설인다. 피. 열쇠. 슬리퍼. 무엇을 떨어트렸는지 나는 기억하지 못한다. 무엇이 배수 구멍을 막았는데 눈을 비벼 확인하지 못한다.

   욕조가 망가졌잖아. 진주씨는 화를 낸다. 수도꼭지에서 물이 쏟아진다. 나는 욕조에서 허우적거린다. 물풀처럼 머리카락이 흔들린다. 물의 온도는 정확히 나의 체온과 같다. 온도는 투명하고 물의 부력과 감촉만 살갗에 닿는다. 발이 빠진다. 일렁인다. 어림없다.

꿈 20 서랍의 돌

서랍을 열어본다. 돌이 가득하다.

어쩌지. 나는 난처해진다. 오래 들여다본다. 하나하나 만져본다. 흐흥, 이것들, 죽은 척하고 있구나. 돌들은 따개비처럼 서랍 안에 달라붙어 있다. 하나만 떼어내서 주머니에 챙길까. 나는 서랍 깊숙이 팔을 넣어 구석에 숨은 돌을 움켜쥔다. 손아귀에 힘을 준다. 어렵다. 좀처럼 떨어지지 않는다. 서랍의 바닥을 붙든 빨판의 힘이 여간 완강한 게 아니다.

나는 땀을 흘리다가 눈을 뜬다. 이불을 들추고 일어나 서랍을 열어본다. 지우개, 칼, 풀, 집게 같은 것들이 뒹굴고 있다. 맞다. 지우개를 찾으려고 서랍을 열었던 건데. 옆에는 진주씨가 다가와 있다. 진주씨. 꿈을 꾸었어. 서랍에 돌이 가득했어. 그에게 꿈 이야기를 들려주자 그는 나를 근심 어린 눈으로 바라본다.

"꿈이 아니야. 어제 있었던 일이잖아."

진주씨는 나를 수조 앞으로 데리고 간다. 나는 눈을 비빈다. 투명한 젤리 같은 것들이 수조 안에서 꼬물거리고 있다. 돌이 되어가고 있다.

"죽은 척하는 게 아니야. 죽어가는 거야."

진주씨는 소매를 어깨까지 걷어 올리고 바닥에 가라앉은 돌 하나를 건져 내 손바닥 위에 올려준다. 나는 움켜쥘 엄두가 나지 않는다. 돌 속에 그것이 있다. 죽은 척하는 것이. 죽어가는 것이. 아직 살아 있는 것이.

어떤 꿈은 돌멩이처럼 가라앉는다. 어떤 꿈은 아스피린처럼 녹는다. 어떤 꿈은 페이스트리처럼 부서지고. 어떤 꿈은 낙엽처럼 쓸려가고. 쓸려갔다가 밀려오는 잔해. 가라앉았다가 떠오르는 조각. 다 녹고 난 다음의 마른 자국. 밀려오기까지. 떠오르기까지. 말라서 흔적이 남기까지. 진주 씨가 그랬지. 뜸을 들여야 한다고. 한 뜸의 시간. 한 뜸의 간격. 한 뜸의 온도.

몸을 일으킨다. 방이 빙글 돈다. 방은 어둡다. 저녁의 어스름인지 아침의 어스름인지 분간이 가지 않는다. 시계를 본다. 시침은 6과 7 사이에 있다. 입이 쓰다. 빈속에 약을 털어 넣고 다시 눕는다.

꿈 21 짚의 느낌

하나. 둘. 문을 잠가라.

셋. 넷. 눈을 뜨지 말고.

누가 손잡이를 강제로 비튼다. 문이 덜컥거린다. 누구지. 열에 들뜬 나는 풋잠에 든 나를 깨우지 않기 위해 머릿속을 살금살금 돌아다닌다. 나는 머리부터 발목까지 붕대에 감겨 있다. 두 손은 가슴 위에 교차되어 있다. 다섯. 여섯. 움직이지 말고. 소리가 난다. 가구를 끄는 소리. 씹새끼야. 여자가 울부짖는다. 위층인가. 창밖인가. 혼란스럽다. 머리맡이 분명 창문인데. 발바닥이 창문 아래 놓인 듯한 망가진 방향감각.

발바닥이 가렵다. 긁고 싶지만 손이 닿지 않는다. 땀이 뻘뻘 나는데 일어날 수가 없다. 말벌에 쏘였던 것 같다. 봉침이 살 속 깊이 박힌 것이다. 나는 꼼짝없이 누워 있다. 문이 열린다. 의사가 왕진을 온다. 의사가 머릿속을 돌아다니다가 한쪽 무릎을 꿇고 나의 발바닥을 살핀다. 티눈이 트였군요. 의사는 마스크를 하고 장갑을 낀다. 족집게를 들고 집도를 시작한다. 뿌듯한 아픔이 가려움을 관통한다. 의사가 발바닥에서 뽑아 쟁반으로 옮긴 것은 잡초의 새순이다. 끝이 뾰족하다. 길고 가는 뿌리는 중간에서 끊어져 있다. 의사는 분무기로 내 발바닥에 물을 뿌린다. 그제야 나는 치료를 받는 것이 아니라 생체실험을 당하고 있다는 걸 깨닫는다. 의사는 바스락거린다. 의사는 다음 계절부터 발바닥 전문의로 명성을 날리게 되어 있다. 의사의 캐비닛은 말라붙은 풀뿌리로 가득하고 나의 발바닥에는 다시 풀이 돋을 것이다. 가려울 것이다. 다시 가려워서 잠들 수가 없을 것이다.

천장에서 발소리가 들린다.

마룻바닥에 끌리는 슬리퍼가 아니고. 쿵쿵 딛는 발꿈치도 아니고. 땀이 찬 맨발이 짚이나 건초를 건드리는 소리. 의사가 바스락거린다. 윗집은 초가삼간이 아닌데. 소나 말을 키우지 않는데. 나는 꼼짝없이 누워서.

창턱에 운동화가 놓여 있다. 운동화는 나란히 젖어 있다. 세상에서 가장 수줍은 사물처럼 보인다.

꿈 22 무개 열차의 밤과 낮

무개 열차를 타고 있다. 쇠 냄새가 난다. 동네의 익숙한 간판이 뒤로 밀려난다. 은하문구. 해바라기. 아네모네와 비닐하우스. 파종을 기다리는 검고 기름진 흙이 지평선 끝까지 펼쳐져 있다. 삼팔선을 건넌다. 춥다. 춥고 불편하다. 우리는 여권이 없어서 열흘 이상 잠을 자지 않으면 입국이 허락되지 않는다. 지뢰밭과 밀밭을 지난다. 밤이 간다. 낮이 간다. 퇴비 냄새가 난다. 파밭과 보리밭을 지난다. 밤이 가고. 낮이 가고. 밤과 낮이 우리를 뱉었다 삼켰다 되새김질을 한다. 우리는 몸이 녹는다. 우리는 북극에 가는 것일까. 남극에 가는 것일까. 지도 위를 지나는 것일까. 지도를 그리는 것일까. 이 뚜렷한 윤곽은 무엇일까. 가만히 있는 우리를 두고 시간이 흘러간다. 가만히 있는 우리를 두고 장소가 흘러간다.

밤이 간다. 낮이 간다. 우리는 라디오를 놓고 둘러앉아 열차의 리듬에 따라 흔들거린다. 아니 벌써. 산울림의 노래가 구슬픔의 버전으로 흘러나온다. 성별이란 장르와 같은 거야. 음악처럼. 사랑처럼. 이것은 바지를 입은 빌리 홀리데이의 목소리. 성별은 바둑알 같은 거야. 바둑알을 잃듯 사랑을 잃을 수는 없어. 이것은 소울일까. 포크일까. 상처 받음의 교차성이 우리를 눈밭 너머로 데려간다. 눈이 날렸지. 우리는 눈을 덮고. 둥글게 몸을 말고. 잠의 반대말을 피해 고개를 떨군 채로. 잠은 얇다. 껍질을 벗겨내면 뇌 안에서 일어나는 일들이 벌거벗은 땅콩처럼 고스란히 드러날 것이다. 손끝에 가벼운 힘을 주면 간단히 쪼개질 것이다. 속도 환히 만져질 것이다. 부끄럽다. 이렇게 부끄러울 수가 없다. 눈꺼풀 바로 밑에서 우리는 최선을 다해 격렬한 사색에 잠긴다.

성별이란 장르와 같은 거야. 팝이 좋을까. 랩이 좋을까. 우리는 장르를 고른다. 장르가 굳어지기 전에. 고약을 붙이자. 말랑말랑한 돌기가 손끝에 만져진다. 눌러서 터트리면 스플래시. 로큰롤. 메탈젠더. 트랜스젠더. 새로운 장르가 탄생하고 새로운 성별이 탄생하고. 탄생은 없다네. 라디오에서는 노래가 흐른다. 재생이라네. 부활이라네. 망각된 성별이 하나하나 떠오른다. 성별은 바둑알 같은 거야. 잃어버린 바둑알을 찾아 우리는 무개 열차를 타고. 삼팔선을 건너. 밤이 간다. 낮이 간다. 잠이 간다. 잠의 장르가 떠오르지 않는

다. 잠의 반대말이 떠오르지 않는다. 밤이 오지 않는다. 낮이 오지

않는다. 밤이 오지 않는다.

꿈 23 체크

*체크*를 물고 있다. 꽉 물고 있다. 체크. 어금니에 힘을 준다. 턱이 뻐근하다. 혀 밑에 고인 침이 베개 위로 흘러내리려 한다. 나는 맹수가 아니다. 굶주려서 으르렁거리는 게 아니야. 붙잡는 것이다. 남은 한 단어를. 마지막 하나를. 하나가 모자라서 꿈은 다 휘발되지 않을 것이다. 머리는 맑다. 체크. 체크는 뭘까. 체크의 세계는 멀다. 체크의 세계는 까마득하다. 오래전에 꾼 꿈처럼. 구불구불 휘어지는 어두운 산길을 지나온 것처럼. 뒤를 보면 방금 지나온 굽이에서 시야가 막혀 있어야 하는데. 체크와 나 사이에는 가차 없는 직선이 뻗어 있다. 빛을 흡수한 끔찍한 직선이. 체크는 소실점으로서. 식별할 수 없는 뚜렷함으로서. 사라질 수 없는 사라짐으로서. 체크.

문이 열린다.

직선이 뻗어 있다. 직선의 무빙워크에 서서. 나는 주위를 두리번 거린다. 바닥에 낙엽이 뒹군다. 나무는 쓸쓸한 가을의 노간주나무. 캐리어를 끌고 공항의 입국심사대를 서둘러 통과한 것 같은데 어느새 나는 창경원을 둘러보는 중이다. 성공이다. 체크. 검역에 걸리지 않고 무사히 빠져나왔다. 사할린을 지나 북쪽으로 북극을 넘어 아프리카의 땅을 밟았고 늪을 헤맸고 캐리어에는 밀수한 앵무새가 들어 있다. 일몰의 그러데이션 빛깔을 띤 희귀종이다. 창경원에 넘기면 좋아라들 하겠지. 창경원의 상징이 될지도 모른다. 무릎 높이의 목책을 따라 무빙워크는 줄기차게 이어진다. 도보 금지 표지판이 곳곳에 보인다. 나는 내 발로 걸어서는 안 된다. 사람의 발로는 어쩔 수 없는 것이다. 창경원은 제철이 아니다. 사육사들은 파업 중이고 동물들은 병이 깊다. 무빙워크에 서서 나는 동물들을 지나간다. 반달곰의 가슴에는 피멍이 들어 있다. 코끼리는 스톱모션으로 자란다. 회백색 원숭이의 눈에는 눈곱이 끼어 있고 아나콘다의 피는 땅바닥에 스민다. 다섯마리의 아모레는 목책 밖으로 목을 뺀 채 탁한 액체를 핥고 있다. 아모레는 얼룩말과 젖소의 교배종이다. 검은 기억의 패턴이 옆구리를 따라 낭자하게 흘러내린다. 역겹다. 이렇게 역겨운 패턴은 처음이다. 그제야 나는 창경원이 오래전에 없어졌다는 것을 떠올린다. 창경원이 아니야. 여기는. 실낙원이다. 실낙원의 사파리야. 대머리독수리가 횃대를 발톱으로 움켜쥐고 이쪽을 노려본다. 대머리독수리의 머리 위로 아라비아의 머리 위로 타조의 머리 너구리의 머리 머리 위로 너구리가 층층이 쌓여 무너지기 직전이다.

"독수리의 다리에 점이 있어." 캐리어 안에서 소리가 난다.

체크. 나는 반사적으로 중얼거린다. 캐리어를 물끄러미 내려다본다. 나의 캐리어가 맞나. 확신이 서지 않는다. 초조함이 밀려온다. 희귀종 앵무새를 겨우 숨겨왔는데. 말하는 앵무새였던가. 캐리어를 미리 열어볼 수는 없다. 체크. 노간주 열매가 발밑으로 굴러온다. 열매를 줍는다. 실낙원의 열매는 단단하다. 체크. 열매를 쥐고 독수리 아래로 독수리의 대머리 아래로 시선을 돌린다. 있다. 독수리의 다리에 점이 있다. 단단한 점이. 점으로 수렴되는 점이. 나는 뚫어지게 본다. 나는 나의 임무를 깨닫는다. 체크. 주머니에는 첩보요원에게 받은 비밀 쪽지가 있다. *독수리의 다리에 점이 있다. 그 점으로 전이되는 방법을 찾아라. 필생의 구원과 은총의 공격력을 종합하라.*

무빙워크에 서서. 실낙원은 넓다. 실낙원은 제철이 아니라서. 내 손에는 만능열쇠가 들려 있다. 따오기가 운다. 독수리의 다리에 점이 있다. 뚫어지게 본다. 전이되는 방법이 있다. 차례로 자물쇠를 따야 한다. 코끼리부터 코끼리의 코부터 좁아터진 나의 두개골 안으로 비집고 들어온다. 줄을 서라.

7장

두통과 근육통에 시달리고 독한 약에 취해 침대를 벗어나지 못한 이틀 사이, 학원에서 다섯통, 엄마에게 두통, 부재중 전화가 와 있었다. 아차 싶었다. 부랴부랴 원장에게 전화를 걸어 사정을 설명했다. 이번 주는 전염 위험이 있어 의사가 외출을 금했으니 다음 주에 최선을 다해 보충을 하겠노라고 했다.

　레토르트 야채죽을 데워 먹으며 메일함을 열었다. 실시간 카지노 재밌게 한판!, '비아' '시알' 성기강화제 최저가 보장, 3월의 충격적인 투자 정보 공개합니다……, 따위의 스팸 메일 사이에 '제목없음'이 있었다. 보낸 사람은

tuyet. 역시나 음란물이나 바이러스를 유포하는 계정이겠지 싶어 삭제하려다 실수로 클릭을 했는데, 설아씨였다.

어머니가 뇌졸중으로 쓰려져서 당분간 모임에 나오기 어려울 것 같다고 했다. 허둥거리는 마음이 고스란히 전해졌다. tuyet은 설아씨가 평소 나와 연락을 주고받을 때 사용하는 아이디가 아니었다. 게다가 메일에 제목을 붙이는 것도 잊고.

설아씨는 낭독 모임뿐 아니라 영화 모임의 멤버이기도 하니까 빈자리가 클 것이다. 다음 모임은 그 어느 때보다 기대가 되었는데. 인연이 안 닿네요. 설아씨는 그렇게 썼지만 과연 다음 모임이 열릴 수나 있을까. 진주씨는 수술을 위한 몇가지 검사를 받기 위해 입원을 했다. 나는 A형 독감에 걸려 타미플루 처방을 받고 자가격리 중이다. 약을 다 복용한 다음에도 며칠간 외출을 삼가라고 했으니 학원만 아니라 가게에 나가서도 안 될 것이다.

메일에는 문서파일이 첨부되어 있었다. 설아씨는 파일에 대해 몇마디 덧붙였다. 저번에 피의 꿈 모으자고 해서. 써둔 거예요. 피 묻은 꿈. 저는 자주 꾸거든요. 휘갈겨둔 메모를 정리하는 건 쉽지 않더라고요. 꿈속의 묘한 기분까지는 잘 안 살아나서요. 어떻게 살릴까. 어디서 시작해서 어디서 끝내야 하나. 꿈에는 시작과 끝이 없는데 꿈을 적는 데는 시작과 끝이 있어야 하니까. 모임에서 읽을 생각을 하니 설레기도 하고 부끄럽기도 했는데요. 이렇게 되고 말았네요. 대신 읽어주시면 좋겠어요. 곧 다시 가고 싶어요. 총총.

꿈 24 혈죽도

벽이 무너지고 골조만 남은 집 앞에 우두커니 서 있다.

안의 살림살이가 다 보인다. 창문. 의자. 댓돌. 대들보. 확장공사를 하나봐. 화장실을 빌려야 하는데. 빌릴 방법이 없다. 숨을 데도 없다. 숨을 수도 없는데 무슨 집이야. 이런 집은 꺼져라. 나는 한발 뒤로 물러선다. 다시 한발 물러선다. 다시 한발을 물러서기 전에 이것은 집이 아니라는 것을 깨닫는다. 시야에 도화지의 네 모서리가 알맞게 들어온다. 이것은 집이 아니다. 내가 그리다 만 집의 그림이다. 연필로 그린 밑그림 위에 나는 색을 채워 넣어야 할 차례다. 화장실을 빌려야 하는데.

나의 손에는 페인트 붓이 들려 있지만 무너진 벽에는 페인트칠을 할 수 없다. 물감과 팔레트는 어디에 있을까. 집 안을 기웃거린다. 벗어놓은 옷들이 의자 등받이에 걸려 있다. 댓돌에는 몇짝의

구두가 흩어져 있다. 대들보에는 잉어 모빌이 흔들거린다. 남의 이야기 속에 끼어든 것처럼 거북하고 불편하다. 엉덩이에 땀이 차고 등줄기가 뜨거워진다. 아랫배가 욱신거린다. 화장실에 가야 한다. 나는. 생리대를 언제 갈았는지 기억이 나지 않는다. 냄새가 날 것이다. 바지에 피가 묻을 것이다.

집 안을 기웃거린다. 잉어 모빌이 흔들거린다. 집에는 화장실이 없다. 나는 화장실을 그리는 걸 잊었고 화장실 자리에는 잎사귀가 커다란 식물이 있다. 모빌이 흔들거리고. 잎사귀도 흔들거리고. 잎사귀는 잎맥이 복잡하다. 저걸 완성해야 하는구나. 나는 묵직하게 쏟아진 생리혈에 붓을 적셔 잎사귀에 색을 넣는다. 만만하다. 물감은 없어도 피는 충분하다. 나의 그림은 혈죽도라 불릴 것이다.

설아씨가 첨부한 파일의 두번째 페이지에는 경어체와 평서형과 명사형이 뒤섞인, 정리되지 않은 메모가 포함되어 있었다.

(깨고 나서) 뿌듯한 불쾌감이었나 끈적한 쾌감이었나 아무튼 뒤척이고 보니 골조만 남은 그 집 앞이 아니고 내 방이더라고요. 화장실에 가야 하는데. 잠기운이 완전히 가시지는 않아 몸을 금방 일으키기는 어려웠음. 잠옷 아래 손을 넣어보았음. 치골 쪽에 말라붙은 피딱지. 침대 시트를 더듬어보니 뻣뻣하게 뒤틀린 액체 자국이 손끝에 쓸렸고요. 가랑이는 축축했죠. 이틀째 밤. 긴장은 했었는데. 역시나.

시계를 보니 새벽 세시. 아랫도리를 씻고 흠뻑 젖은 생리대를 물에 담갔죠. 저녁에 핏물을 뺀 생리대는 비누칠을 해서 다른 대야로 옮겼다. 면생리대를 쓰거든요. 아침이 되면 시트도 빨아야 하니 여간 귀찮은 게 아니지만 일회용 생리대보다 살에 닿는 느낌 좋음. 생리통도 줄었으니까 감수하며 써요.

대야의 핏물을 베란다로 가져가요. 두어달 전부터 이틀째 핏물을 그냥 버리지 않고 고무나무랑 스킨답서스랑 몬스테라한테 번갈아 부어줌. 핏물은 흙에 스미고 물받이 그릇에 고이고요. 흙이 섞인 물받이 그릇의 핏물을 다시 대야로 옮긴다. 잎사귀는 커지고 줄기에는 힘이 생기고. 줄기의 배를 찢고 반짝이는 새잎이 나오고. 빛과 바람을 더불어 나의 피를 먹고 사는 흡혈 식물들. 이 밤의 핏물은 몬스테라에게 가겠습니다. 꿈속의 잎사귀만큼 잎맥이 복잡하지는 않지만요.

*

설아씨는 꿈을 읽고 나서 꿈속 재료의 출처를 우리에게 설명해주고 싶었던 것 같다. 골조만 남아 있던 꿈속의 집을 떠나. 이쪽의 삶을 함께 나누듯이. 이쪽의 피를 함께 흘리듯이. 꿈 부분은 책을 읽듯 내가 대신 낭독한다 쳐도 이 부분은 어떤 식으로 읽으면 되나. 패스해야 하나.

설아씨의 목소리를 떠올려본다. 언젠가 그는 꼭지 달

린 ㅇ의 발음을 들려준 적이 있다. 내가 학원 수업을 준비하며 훈민정음 해례본을 살펴보고 있을 때였다. 'ㆁ은 아음(牙音)이니 '업(業)'자의 첫 발성과 같다.' 나는 종성에만 남은 ㅇ의 음가를 옛사람처럼 초성에서 내보려고 업, 업, 업, 반복했지만 아무래도 잘 되지 않았다. 그때 가게에 나와 있던 설아씨가 내 수업 교재를 넘겨보고는 도움을 건넸다. "잉어, 할 때의 '어'처럼 하시면 돼요." 잉어. 잉어. 나는 일러준 대로 해보았고, 그렇구나, 그냥 '어'가 아니고, 닫힌 문이 열리는 것 같은 '어'. 내가 찬탄을 하자 그는 어머니가 베트남 사람이라고 알려주었다. "베트남어에는 그 비슷한 발음이 있어요." 나는 설아씨의 목소리에 메아리가 내장된 것 같다는 생각을 했다. 꼭지 이응의 꼭지가 그 메아리의 조절 밸브인 것 같다는 생각도 했다.

*

설아씨에게 답장을 썼다. 어머니의 쾌유를 빈다는 말은 썼다가 지웠다. 진주씨도 아프다는 말은 쓰려다가 말았다. 그 대신 엄마가 나왔던 꿈 세개를 모아 정리했다. 전하지 못한 마음은 나도 파일로 첨부했고 메일에는 한줄만 남겼다.

Re: 제목없음

다음에 오시면 대신 제 꿈을 읽어주셔야 해요.

꿈 25 구강탁본

굴다리 아래에서 엄마가 김밥을 싸고 있다. 돗자리도 깔지 않고, 신문지도 없이. 흙바닥에 김을 펼치고 흰 밥을 올린다. 빨강. 노랑. 초록. 흰 밥 위에 색색의 속재료들이 가지런히 놓인다. 엄마는 김의 끝부분을 잡고 둥글게 말아보려 하지만 손가락에 밥알과 흙만 자꾸 달라붙는다. 실패한 김밥이 한쪽에 무더기로 쌓인다.

"엄마. 왜 이런 데서 김밥을 만들고 있어."

나는 엄마의 머리를 쓰다듬는다. 엄마는 나를 올려다본다. 나는 키가 크다. 나의 그림자가 엄마의 얼굴을 가린다. 엄마의 턱선이 지워진다. 엄마는 밥알이 붙은 손가락을 들어 굴다리 저편을 가리킨다.

"소풍을 가야 하잖아."

나는 엄마의 손가락을 따라간다. 굴다리 저편에 아이들이 있다. 막걸리를 마신 아이들이 한입씩 하얀 거품을 물고 널브러져 있다. 급식소의 찐 밥 냄새. 오래 데운 국 냄새. 기갈이 들린 아이들은 굶주렸던 꿈을 한꺼번에 꾸다가 탈이 난 것처럼 보인다. 엄마의 잘못은 아니다. 엄마가 그런 게 아니야. 나는 아이들의 이마를 짚어본다. 돋보기로 동공을 들여다본다. 턱을 붙잡고 혓바닥을 살펴본다. *구강탁본*의 상태구나. 엄마의 잘못은 아니다.

"이제 그만해도 돼. 엄마." 나는 엄마를 향해 다시 고개를 돌린다.

엄마가 앉아 있던 자리에 과일가게 노인이 있다. 노인은 엄연히 넓은 돗자리에 좌판을 깔고 있다. 딸기. 망고. 몽키바나나. 한광주리의 토종살구. 살구에는 아이들의 이목구비가 들어 있다. 어쩌다 이렇게 되었을까. 노인은 나를 올려다본다. 노인은 앉은뱅이다. 한 손으로 나의 발목을 잡고 한 손으로는 푸른곰팡이가 낀 살구를 요령껏 쪼개어 반쪽을 내민다. 삭은 살구의 훌륭함을 알아야 한다고 힘주어 말한다. 반쪽의 살구는 곶감과 같은 질감이다. 이목구비의 맛이 난다.

꿈 26 조각보

똑같은 남자와 다섯번째 결혼식을 올렸다.

똑같은 드레스를 입고 똑같은 부케를 들었다. 똑같은 케이크를 자르고 똑같은 축하를 받았다. 엄마는 가만히 있었다. 조용히 사진만 찍었다.

"엄마. 왜 자꾸 내 꿈에 나타나?"

엄마에게 물었다.

"글쎄. 못 해본 걸 해보려는 게 아닐까."

엄마는 고개를 갸웃거렸다.

"너는 왜 엄마가 필요해?"

엄마는 내 얼굴을 살폈다.

"글쎄. 엄마가 나오는 장면들을 모아 조각보를 만들려는 게 아닐까."

나도 고개를 갸웃거렸다.

검은 오각형 하얀 육각형 축구공 같은 것이 날아갔다.

모르는 감정의 조각보가 포물선을 그리고 나는 쩔쩔매며 심한
애국자가 되어가고 있었다.

꿈27 토성암

토성암 수용소에서 엄마를 만났다.

나는 토성암을 앓고 있었다. '토성암'이라 적고 보니 무슨 돌이 떠오른다. 화강암이나 현무암 같은. 그런데 土星癌이다. 췌장암이나 자궁암 같은. 토성은 하늘에 떠 있었다. 크고 창백하고 고리가 없었다. 고리는 어디 갔지? 그런 생각이 들자 나는 위장이나 콩팥에 병이 든 것처럼 토성의 부위가 아팠다. 아파서가 아니라 아픈 데를 움켜잡을 수 없어서 눈물이 쏟아졌다.

토성암 수용소에는 두 부류의 사람들이 있었다. 토성이 있는 사람과 없는 사람. 토성이 없는 사람은 인공토성을 구해 다른 궤도를 돌았다. 토성이 있는 사람은 토성이 없는 사람을 만날 수가 없었다. 토성암은 전염병이었다. 이 사람의 토성에서 저 사람의 토성으로 전이되었다. 고리가 사라졌기 때문일까. 각자의 토성은 암에 취약했다. 고장 난 세포들이 무럭무럭 토성을 잠식했다.

"어? 여긴 어떻게? 엄마에게는 토성이 없잖아."

내가 어리둥절해하자 엄마는 말없이 웃었다. 수용소의 이 구석 저 구석에 잘도 섞여들었다. 토성암을 앓는 나의 병든 벗들과 함께 수건돌리기도 하고 박수도 쳤다. 저래도 되는 건가. 엄마는 토성이 없으니까. 토성암에 옮지는 않겠지. 한편으로는 안도감이 스쳤지만 나는 어서 엄마를 보내고 싶었다. "엄마. 이제 가. 어서 가."

8장

가게에 나와 있다. 열흘 만이다. 탁자 위에 놓인 책을 되는대로 들춰보다 한 문장에 눈이 멎는다.

"유시(酉時)에 꿈을 꾸면 손님이 온다."

『주공해몽서(周公解夢書)』에 나오는 부분이다. 스터디 모임에서는 요즘 고대의 해몽 문헌들을 읽는데, 어제는 진주씨도 나도 없는 가게에 한명만 나와 맥없이 시간을 보내다가 돌아간 모양이다. 그가 두고 간 책에는 포스트 잇이 많이 붙어 있다. 눈이 멎은 페이지에 나는 색깔이 다른 포스트잇을 한장 더 붙인다. 유시에 꿈을 꾸면 손님이 온다. 유시라면 오후 다섯시에서 일곱시. 그 시간에 내가 꿈을 꾸었던가. 평소라면 밤잠은커녕 낮잠을 잘 시간도 아니지만 며칠 동안 독감으로 밤낮없이 비몽사몽이었으니 아니라고 단정할 수도 없다. 유시에 꿈을 꾸면 손님이 온다. 손님이 왔다. 이상한 손님이 조금 전에 다녀갔다. 지금은 그 손님을 삼월씨라고 부르는 수밖에 없을 것 같다.

*

삼월씨는 낮부터 가게 주변을 서성이고 있었다. 나는 버스에서 내려 언덕을 오르다가 그가 편의점에 들어가는 것을 보았고, 늦은 점심으로 칼국수를 먹으러 나온 길에 다시 그와 마주쳤다. 오다가다 스쳤을 따름이지만 머리 색깔과 신발과 걸음걸이 때문에 같은 사람이라는 걸 몰라볼 수는 없었다. 어깨까지 오는 머리카락의 아랫부분은 연보라색이었다. 새로 돋은 검은 머리카락은 정수리에서 한뼘 정도 내려와 있었다. 운동화는 주황색이었는데, 언뜻 보기에도 체격에 비해 한참 컸다. 발끝에서 신발코까지 손가락 한마디만큼은 족히 남아돌 것 같았다. 그런데도 뒤축은 겉돌지 않았고 걸음걸이는 신기할 만큼 사뿐했다. 발만 유독 큰 건가. 아니면 특수 처리된 밑창을 깐 건가. 무심결에 고개를 돌려 그의 뒷모습을 한번 더 쳐다보았다.

내가 칼국수를 다 먹고 돌아왔을 때 그는 가게 문턱에 앉아 무릎에 얼굴을 묻고 있었다. 흘러내린 보라색 머리카락이 바람에 날렸다. 운동화는 낡았지만 깨끗했다. 일자로 묶은 신발끈은 한쪽은 주황이었고 한쪽은 검정이었다. 나는 일층의 유리문을 열 생각이 없었지만 열쇠를 일부러 달그락거리며 기척을 냈다. 그가 고개를 들었다. 내 뒤로 해가 지고 있었던가. 가는 눈을 뜨며 그는 손차양을 만들었고, 반색하는 표정을 지으려다 말고는 엉덩이를 털며 일어났다.

"혹시…… 해몽전업사,였나요, 여기가?"

머뭇거리며 그가 물었다. 나는 가게 간판을 가리켰다.

"전업사는 아니고. 전파사죠. 지금은 닫았고요. 주인도 바뀌었는데."

나는 그가 예전 주인인 전파사 할아버지를 찾아온 것이려니 했다. 전업사나 전파사나 한 글자 차이니까 이름쯤 잘못 기억한다고 해서 대수로울 일은 아니었다.

"아니요. 그게 아니고요."

그는 속상한 얼굴이었다.

"저도 간판은 읽을 줄 알죠. 예전에는 혹시 전업사였냐고요. 전파사가 아니고."

나로서는 그가 뭘 물어보려는 건지 짐작할 수 없어 어깨를 으쓱할 따름이었다.

"아니면 이 근처에 해몽전업사라는 이름을 가진 가게는 없나요?"

그는 휴대전화에 저장된 사진 한장을 보여주었다. 사진 속의 가게 옆에는 광고 스티커가 누덕누덕 붙은 전봇대가 있었고 전봇대 옆에는 오토바이가 세워져 있었다. 나는 우리 가게 간판과 사진 속의 간판을 번갈아 보았다. '파' 대신 '업'인 것을 빼고는 놀라울 만큼 모양이 똑같았다. '몽'자의 ㅁ이 삐뚜름하게 기운 것까지. 외벽의 색깔 역시 같았다. 하지만 건물 형태는 달랐다. 사진 속에는 이층이 없었다. 사진 속의 해몽전업사는 길다란 단층 상가 건물의 귀퉁이에 자리 잡은 점포였다. 우리 가게와 달리 벽에 나무로 된 입간판도 걸려 있었다. 위치도 여기는 아니었다. 앞쪽으로 보도블록이 깔려 있고 나무의 그림자가 비스듬히 드리워진 것을 보면 큰길가인 듯했다.

"아니겠죠. 여긴."

내가 뭐라하기도 전에 그는 휴대전화를 돌려받으며 먼저 중얼거렸다. 진작부터 체념과 실망이 섞인 표정이었다. 얼굴이 추워 보였다.

"그러네요. 아닌 것 같은데요, 여긴……"

나도 추웠다. 입이 말랐다. 아니긴 아닌데, 아닌 건가, 정말? 아니라면 이 닮은꼴은 뭔가? 숨을 크게 들이쉬자 초봄의 찬 바람이 콧속으로 밀려들었다. 나는 이층을 가리켰다. 잠깐 들렀다 가겠냐고 그에게 물었다.

*

"주소를 알아요."

그는 지도 앱에서 캡처한 사진 한장을 더 보여주었다. 서울 성동구 왕십리로 387. 종합도소매. 상왕십리역 바로

144

앞이었고 현재 위치를 표시하는 파란 동그라미는 대로 맞은편의 스타벅스였다. 대강 어디쯤인지 짐작이 갔다. 여기서 멀지 않은 곳이었다. 나는 저 스타벅스에서 아메리카노 한잔을 시켜놓고 세시간 네시간씩 시간을 보낸 적도 있었다.

"그런데 저 자리에 없거든요. 해몽전업사는."

그는 한 트위터 계정에서 해몽전업사의 전경과 위치 사진을 내려받았다고 했다. 사진 속 해몽전업사 옆으로는 진원정밀. 성창공예. 그런데 주소를 찍고 찾아가보니 해몽전업사는 없고 그 자리에 국보장식이라는 가게가 있더라는 것이다. 국보장식. 나는 그 가게 앞에 오래 서 있었던 일도 기억났다. 갖가지 재질과 크기의 나비경첩을 진열한 나무판이 벽에 비스듬히 세워져 있었다. 반짝이는 나비들. 큰 나비. 작은 나비. 검은 나비. 은색 나비. 환하군. 나는 저 나무판을 통째로 사다가 벽에 걸어두면 좋겠다고 생각했었다.

"그사이 바뀌었나보다 했죠. 옆 가게인 진원정밀과 성창공예는 그대로였으니까. 계정에서 사진을 내려받은 지

몇달 지난 후였거든요. 바로 찾아가보지 않은 게 살짝 아쉬웠지만 특별한 용무가 있었던 건 아니라서. 잊고 지냈어요."

그는 가방에서 두유와 바나나를 꺼냈다. 나는 두유를 전자레인지에 데워주었고 그가 요기를 하는 사이 진주씨에게 전화를 걸었다. 진주씨는 해몽전업사라는 곳은 금시초문이라 했고, 혹시 모르니 전파사 할아버지에게 물어봐주겠다고 했다.

"흐지부지 잊고 있었는데," 삼월씨는 다 먹은 바나나 껍질을 돌돌 말았다가 펼쳤다가 하며 말을 이었다.

"얼마 전에 언니 부탁으로 조카 졸업식에 갔다 오면서이 가겔 봤어요. 조카가 무학초등학교엘 다녔거든요. 반가웠어요. 여기 있었잖아? 순간 해몽전업사를 찾은 줄 알았죠. 사진 폴더를 다시 뒤졌고요. 사진과 여기를 비교해보고는 어안이 벙벙할 수밖에 없었어요. 이렇게까지 닮았는데 분명 같은 가게는 아니잖아요."

진주씨가 문자를 보내왔다. 모른대. 삼십년 전부터 쭉해몽전파사였다는데? 전업사랑 전파사랑 다른 것도 모르

냐며 혀를 차던걸.

"모른대요. 지금 주인도 예전 주인도요."

나는 진주씨의 문자를 그에게 보여주었다.

"그 트위터 계정주에게는 물어보셨어요?"

"물어보고 싶었는데요. 없어졌더라고요. 꿈은숨,이라는 계정이었는데."

"꿈은숨이요?" 나는 깜짝 놀랐다.

"네. 꿈은 숲이 아니고요."

그는 탁자에 놓여 있던 떡메모지에 글자를 적었다.

"이렇게 써요. 꿈은숨. 이 계정에서 한여름 밤의 꿈을 나누자며 참석자를 모은 적이 있어요. 저는 망설이다가 신청을 했어요. 그때 한창 꿈에서 본 연어가 머릿속을 맴돌았거든요. 배가 터진 연어였어요. 연어알이 쏟아졌죠. 연어알은 바닥을 다 덮었고 연어알을 밟지 않고는 걸을 수가 없었어요. 연어알이 터지는 감촉이 신발 밑창을 타고 전해졌어요. 저는 그 끔찍하면서도 눈부신 느낌을 누군가에게 이야기하고 싶었죠. 2017년 7월 26일. 날짜를 기억해요. 제 생일이라서요."

삼월씨는 손목에 차고 있던 끈으로 머리를 묶은 다음 말을 이었다.

"모임 장소는 서울숲 공원이었어요. 평소보다 도서관을 일찍 나와 그곳에 갔죠. 사과나무였나 자두나무였나 아무튼 과일이 달린 나무들이 줄지어 선 산책로를 걸었고요. 모인 사람은 다섯명? 여섯명? 일곱명이었을지도 몰라요. 어두웠거든요. 평상에 돗자리를 깔고 모기향을 피웠어요. 먹을거리들이 가운데에 놓였고요. 포도. 샌드위치. 비스킷. 상그리아라는 술. 포도주에 자두랑 복숭아랑 오렌지를 넣고 직접 담갔다고 누가 그러더군요. 다들 챙겨온 것이 있었는데 저만 빈손이라 머쓱했어요. 먹다가 마시다가 꿈을 읽다가 노닥거리다가 그랬죠. 어두웠으니까 종이에 적힌 글자가 보이지 않아서 라이트 앱을 켜고요."

미묘한 미소가 그의 얼굴에 번졌다. 딱히 입가는 아니고. 눈매에도 아니고. 얼굴 전체에. 아주 약간.

"저는 저의 꿈을 읽었고 누군가 또 누군가의 꿈을 읽었고. 숲의 매미는 밤이 깊어도 우렁찼고 벌레와 모기들은 팔다리를 뜯었고. 누군가는 마르셀 프루스트를 읽었고 누군가는 르네 마그리트를 읽었어요. 주위를 배회하던 고양이가 평상 귀퉁이에 올라앉아 야옹거렸죠. 저는 샌드위치 안에 든 햄과 치즈를 일회용 접시에 담아 고양이 앞으로 밀어주었고 고양이는 하루에 스무시간쯤 잔다는 이야기가 떠올랐고 그 긴 잠 속에서 무슨 꿈을 꿀까 궁금했고…… 고양이가 나온 꿈도 불현듯 생각났고…… 누구 목소리가 꿈결처럼 들려왔죠, 왕십리에 해몽전업사라는 데가 있는데요, 다음 낭독 모임 장소로 눈독 들이는 중이에요, 알려드릴게요…… 상그리아는 맛있었고요. 한모금 두모금 홀짝거리다보니 어느새 취기가 이만큼이나 올라와 있었어요. 다음 날 아침이 되니 정말로 한여름 밤의 꿈을 꾼 것만 같더라고요. 밤의 만남이었던 터라 얼굴들은 기억이 나지 않고 목소리만 둥둥 떠다니는 것이…… 기다렸어요. 다음 모임 공지를요. 다음에 나눌 꿈도 미리 챙겨두었는데. 물색 중이라던 장소 사진만 덜렁 올려놓고 그 계정은 사라져버렸어요.”

삼월씨는 내 얼굴을 똑바로 보았다.

“혹시 거기 계셨던 분은, 아니죠?”

나는 고개를 저었다. 서울숲 공원에는 가본 적도 없었
다. 그가 쓴 글자들을 다시 보았다. *깊은숲*. 필체는 오른쪽
으로 기울어 있었다. 메모지는 정사각형이었다. 나는 글
자가 적힌 종이를 메모지 묶음에서 떼어내어 반으로 접고
다시 또 반으로 접었다. 네겹이 된 모서리를 만지다가 대
각선의 금을 그어 맨 위의 정사각형만 다시 또 반으로 접
었다. 사각형 위에 삼각형. 삼각형과 함께 안쪽으로 접혀
들어갔던 글자의 일부가 나타났다. *77으숲*. 글자를 쓴 연
필은 뭉툭했다. 연필깎이에 연필을 넣고 돌리자 연필심
냄새가 났다. 나는 손가락으로 연필을 굴렸고 연필을 놓쳤
고 연필을 줍기 위해 허리를 굽혔다. 탁자 아래 그의 발은
가지런했다. 크지 않았다. 발볼이 넓고 엄지발가락이 길
었다. 양말과 바지 사이의 맨살에는 하얗게 각질이 일어나
있었다.

"여기서도 꿈을 나누는 모임이 열려요."

나는 허리를 펴다 말고 충동석으로 입을 열었다.

"오늘이에요."

연필심으로 손끝을 눌렀다.

"같이 하실래요?"

거짓말을 한 걸까, 나는? 꿈을 나누는 모임이 예전에는 있었을지 모르지만 지금은 아니었다. 진주씨가 다시 시작해보자고 했으니 앞으로는 어떨지 모르지만 앞으로 어떻게 되기도 전에 가게는 개점휴업에 가까워지고 있었고 더구나 오늘은 아무 모임도 없는 날이었다. 뭐였을까. 시야의 가장자리에 얼비친 것들. 희끗한 것들. 해몽전업사의 따가운 햇볕. 꿈은숨의 술렁이는 잎사귀. 어떤 질투. 어떤 갈급. 들뜸. 부픔.

"몽몽교환 프로젝트라는 거요?"

그는 일층 유리문에 적힌 문구를 보았다고 했다.

"일을 하러 가야 해서. 오늘은 어렵고요. 생각해보고 연락을 드릴게요."

신고 있던 실내화를 벗어 그는 현관 앞 신발장에 단정히 올렸다.

"삼월이에요."

운동화의 입속으로 미끄러지듯 발이 사라졌고 내가 채 인사를 건네기도 전에 문이 열렸다가 닫혔다. 자동잠금장

151

치가 찰칵, 하며 돌아갔다. 망연했다. 나는 그의 말을 정확히 이해하지 못했다. 지금이 삼월이라는 건가. 삼월 안에 다시 오겠다는 건가. 이름이나 별명이 삼월이라는 건가. 손에는 접다 만 종이가 들려 있었다. 종이를 다시 펼쳐 그가 쓴 글자 아래에 삼월,이라고 적었다.

계단을 내려가는 소리가 들렸다. 삼월의 걸음. 삼월의 소리. 나는 창가에 서서 삼월씨가 골목을 빠져나가는 모습을 내려다보았다. 삼월씨는 세 집 정도를 지나 주춤거리며 멈춰 섰고, 홍학처럼 한쪽 다리로 서서 다른 쪽 신발 밑창을 뚫어지게 살폈다. 동전 같은 것으로 껌을 떼어내는 것처럼 보였다. 신발을 벗어 들고 하면 편할 텐데. 굳이 저런 어려운 자세로. 그리고 보니 운동화는 주황색이라기보다 홍학색이나 연어색에 가까운가. 연어알이 쏟아졌어요. 연어알을 밟지 않고는 걸을 수가 없었어요. 연어알을 밟은 신발. 연어알을 터트린 신발. 그는 그 자세로 오래 서 있었다. 중심은 흔들리지 않았다.

꿈 28 필라르모

손을 저었다. 저는 아니에요. 진짜 아니라고요.

억울했다. 도넛을 떨어트린 것은 나의 손이 아닌데. 진짜 아닌데. 그렇지만 도넛을 밟은 것은 나의 발이었다.

도넛 안에 들어 있던 딸기잼이 내장처럼 비어져 나왔다. 지하의 혼잡한 쇼핑몰이었다. 북적이던 쇼핑객들이 비명을 지르며 도넛으로부터 한걸음이라도 멀어지려고 어깨를 밀쳤다. 끝이다. 더 갈 데는 없다. 호루라기 소리가 들렸다. 경악과 체념으로 굳은 얼굴들이 나를 노려보았다. 도넛을 밟아서. 종말의 버튼이 눌린 것이다.

도넛의 정체를 나는 언제부터 알고 있었던가. 도넛으로 위장한 그것은 맹독을 품은 외계생명체였다. 그것의 이름은 *필라르모*. 매끄럽게 부푼 원반 모양으로 가장자리에는 홈이 패어 있고 홈을 따

153

라 노루발이 들락거리며 드르륵거리는 것이 얼핏 재봉틀의 망가진 부품처럼 보이기도 한다. 오드라덱과 계통이 같을 것이다. 카프카도 꿈에서 오드라덱을 보았나보지.

나는 필라르모에게 밥과 물을 주고 모래를 깔아주었다. 붓으로 먼지를 털어주고 기름칠도 해주었다. 그렇게나 정성껏 보살폈는데. 나는 이를 악문다. 괘씸하다. 필라르모가 나를 배신했다. 아니다. 내가 필라르모를 유괴했다. 필라르모를 학대하고 유기했다. 필라르모를 가둔 방에 자물쇠를 채우고 혼자 도망을 쳤다. 굶주린 배를 혼자 채우려고 도넛을 샀다.

도넛을 샀다. 하얀 가루가 옷에 묻었다. 도넛으로 위장한 필라르모가 내 손에 들렸다. 나를 노려보았다.

꿈 29 감수광

마담 뒤샹의 티파티는 아름답다.

숲속 공터에 테이블이 놓여 있다. 공터는 넓다. 밤은 깊다. 대보름의 은은한 달빛이 테이블 위를 비춘다. 뼈가 없는 프랑스 홍차. 약간의 개구리알과 일곱개의 왕만두. 일곱개의 단춧구멍으로는 피리를 불 수 있다. 테이블보의 치맛자락이 흔들린다. 막이 열린다.

그림자 연극이 시작된다. 그림자는 물결처럼 웃는다. 그림자는 튀김처럼 걷는다. 두박자의 웨이브. 세박자의 그루브. 잘못 달린 팔꿈치를 옆구리에 붙이고 리듬에 맞춰 춤을 춘다. 지나간 설렘을 안타까워하는 구슬픈 목소리로 노래를 한다.

오미자를 모을까 구기자를 거둘까

숲속으로 사라질까 늦은 손님을 맞을까

꽃가루가 날린다. 꽃가루와 같은 목소리가 흩어진다. 마담 뒤샹의 목소리가 코를 간질인다.

감수광! 감수광! 나는 재채기를 하며 앙코르를 외친다. 그림자 속에 손을 감춘다. 피크닉 바구니 안에는 보드라운 병아리. 고치 속의 밤벌레. 그림자의 인사. 그림자의 앙코르.

꿈 30 옥수수불

들불이 번져 마을을 덮친다. 나의 옛집에 불이 붙는다. 서까래가 훨훨 탄다. 마루도 타고 마루 밑에 숨겨두었던 사진도 비밀도 훨훨 타버린다. 불은 곡물창고에 옮겨붙는다. 자루가 쓰러진다.

시골의 노인들은 이럴 때 *하느님이 옥수수불을 땐다*,라고 말한다. 말을 마치면 의식을 치르듯 구멍가게의 구멍으로 하늘을 올려다본다. 옥수수는 멸종 식물이지만 옥수수에 대한 기억을 간직한 사람들이 아직 많다. 옥수수불로 잘 구운 숯과. 옥수수불로 지은 밥과. 사라진 옥수수의 모든 낟알을 그리는 대회가 열리기도 한다.

자루가 쓰러진다. 자루에서 곡물이 쏟아지고 꿈의 낟알들이 마당에 흩어진다. 쓸어 담아야 하는데. 옥수수불에 휩쓸리기 전에. 다 잃기 전에. 나는 구멍가게의 구멍을 찾지 못하고 맨눈으로 하늘을 올려다본다. 새떼가 몰려온다. 불타는 마당에 내려앉아 새들은 알곡을 쪼아 먹고 내 꿈은 쭉정이만 남아. 쭉정이가 훨훨 탄다. 옥수수불의 재가 날린다.

9장

삼월씨를 만난 이튿날, 그 주소지 주변을 둘러보았다. 서울 성동구 왕십리로 387. 국보장식. 간판은 오랜 시간 눈비를 맞은 흔적이 역력했다. 배수관 주위에는 녹이 슬어 있었다. 유리문 안쪽의 책상에는 청색 잠바를 입은 백발의 남자가 유선전화기로 통화를 하는 중이었다.

국보장식은 이 자리를 오래 지켜온 것이 분명했다. 해몽전업사가 폐업하고 새로 들어선 가게일 리 없었다. 진원정밀, 성창공예, 옆으로 이어진 가게들은 사진 속과 똑같지만. 보도블록의 모양과 색깔도 똑같지만. 사진 속에 그림자를 드리운 나무가 내 옆에도 서 있지만. 사진 속 나무의 그림자는 잎이 무성하다. 내 옆의 나무에는 아직 잎이 나지 않았다. 이 나무와 저 나무는. 같은 나무일까 다른 나무일까.

가게에 잠시 들른 진주씨에게 나는 해몽전업사의 사진을 보여주었다.

"해몽전파사도 아니고. 국보장식도 아니고. 어딜까요, 여긴. 솜씨 좋게 합성한 게 아닌가도 싶지만. 그러기엔 디테일이 미묘하게 달라요."

예의 생각에 잠길 때의 버릇대로 진주씨는 아랫입술로 윗입술을 덮고 먼 데를 보았다. 입술과 턱 사이에 복숭아씨가 생겼다. 나는 과자봉지를 뜯었다. 한봉지의 양파링이 사각거리며 내 입속으로 사라지는 동안 복숭아씨는 사라지지 않고 그대로였다. 사진 속 해몽전업사에 관심을 두기엔 진주씨의 머릿속은 이미 충분히 복잡했는지도. 괜한 말을 꺼냈나.

"다 먹었어?"

과자가 부스러기만 남았을 즈음에야 진주씨는 내 손에서 봉지를 가져가 안을 들여다보며 말문을 떼었다.

"뭐라더라, 평행우주? 멀티유니버스?"

그러고는 깨진 링 하나를 잠시 들고 있다가 입에 넣었다. 하하. 나는 어색하게 웃었다. 진주씨는 과자만 씹을 뿐 웃지 않았다. 나는 진주씨의 무표정한 얼굴을 피했다. 뭐라고 말을 이어야 좋을지 알 수 없었다. 나는 삼월씨의 꿈은숨에 대해 이야기하지 않았다. 나의 꿈은숨에 대해서는 삼월씨에게도 진주씨에게도 이야기하지 않았다.

*

서랍을 뒤져 사업자등록증을 꺼내보았다.

상호 : 꿈은숨

개업연월일 : 2017년 8월 14일

가게를 드나든 지 일년쯤 지났을 때 실은 1인 출판사를 등록했다. 시작만 하면 뭐든 될 것처럼 의기충천한 나날이었고 해몽전파사를 꿈의 가게로 꾸려보고 싶은 몽상이 부풀기 시작하던 즈음이기도 했다. 전파사와 출판사. 라임도 딱딱 맞고. 어깨동무를 한 커플 같지 않은가. 여기서 읽는 글들만 모아도 꿈의 시선집, 꿈의 산문집, 꿈의 자료집이 바로 나온다. 꿈의 사전도 만들 수 있을 것이다. 드림셰이크(dream shake) 같은 말도 등재 목록에 올려야지. 농구의 페이크 기술 이름일 뿐 꿈과는 상관없지만, 뭐 어떤가. 꿈 흔들기. 꿈을 흔드는 것 같은 빠르고 아름다운 동작만으로도 사전에 올라갈 자격은 충분하다. 잡지도 창간하자. 모던몽유록 잡지를. 몽유록의 현대적 부활을 기치로 내걸고 장르적 가능성을 적극적으로 개척하는 거다. 이미지 중심이라면 시에 가깝겠지. 이야기를 살린다면 소설에 가까워질 것이다. 꿈을 빙자한 정치풍자 세태풍자도 좋고. 꿈에서 출발한 사변적 에세이도 좋고. 직접몽유록 파트와 간접몽유록 파트로 나눠보면 어떨까.

뜬구름은 점점 부풀었고 나는 바로 구청에 가서 등록 절차를 문의하고 신청서를 받아왔다. 절차가 간단해서 일사천리일 줄 알았지만 출판사 이름을 정하는 건 의외로 쉽지 않았다. 염두에 두었던 몇가지는 이미 등록이 되어

있었고 '해몽출판사'는 사용 가능한 상호였지만 중고 서
점의 천원 코너에서나 보일 법한 이름이었다.

늦게까지 검색과 고민을 거듭하다 침대에 누워 멍하니
천장을 보았다. 더웠다. 허벅지에 땀이 차고 목덜미가 끈
적거렸다. 이불은 눅눅했고 선풍기 바람은 미지근했다. 에
어컨을 사야지. 에어컨이 없으니까 머릿속이 막혀버린 거
다. 열대야는 열흘 가까이 이어지고 있었고 멀리서 매미
가 울고, 아니다, 윗집 실외기 소리인가, 빗소리인가, 그건
그렇고 밥솥의 남은 밥을 냉장고에 넣어야 하는데, 에어
컨을 사야지, 에어컨이 없으니까 눈꺼풀이 이렇게 무거운
거다……

꿈 31 꿇은 숨

꽉 잠기지 않은 수도꼭지에서 물방울이 규칙적으로 떨어진다. 이마 위로. 이마 위로 물방울의 간격이. 이마를 보호해야 하는데 손에 힘이 없다. 헐겁다. 매미가 운다. 매미 소리가 달라붙은 밤의 열기와 습기는 유리 가루를 입힌 연줄처럼 날카롭고 투명해서

스르르 머리를 벤다.

이마 윗부분이 매끈하게 절단된다. 두개골이 열린다. 머리 안에 머리를 넣어 안을 들여다본다. 나의 뇌는 울창하다. 녹음이 우거져 있다. 바닥에 흩어진 꿈은 잎사귀에 가려 보이지 않고 잎사귀는 부채처럼 펄럭거리고

꿇은 숨. 나무는 좀비.

씻지도 않고 불도 끄지 않고 잠든 어렴풋한 밤, 나는 나의 뇌 안을 들여다볼 수 있었지만 뇌 안의 화려하고 웅장한 풍경은 초고속으로 지나가서 따라잡을 수가 없었다. 손가락을 깨워 간신히 붙잡은 것은 깊은 숨. 나무는 좀비.

열어둔 창밖으로 등교하는 아이들의 소리가 들렸다. 냉장고에 넣지 않은 밥은 기어이 쉬어 있었다. 나는 머리를 감으며 두개골을 만져보았고 출판 등록 신청서의 빈칸을 메웠다. 싱거웠지만 생각을 오래 한다고 더 멋진 이름이 떠오르지는 않을 것 같았다. 며칠 후 구청에서 찾아온 신고확인증에는 깊은숨, 띄어쓰기를 했던 칸이 사라지고 세 글자로 된 한 단어가 기재되어 있었다.

출판사를 퇴사하고 프리랜서로 일하는 대학 동기 오경에게 나의 원대한 계획을 털어놓았다. 같이 하지 않겠느냐는 은근한 제안이기도 했다. 오경은 냉정히 잘라 말했다. 돈 많아? 다짜고짜 돈 얘기부터 꺼낸 그에게 나는 서운함을 표했던 것 같다. 그래? 그럼 말을 바꾸자. 꿈 값 있냐고. 꿈을 사려면 값을 치러야지. 쌀이든 비단이든. 우물쭈물 나는 재미가 어떻고 의미가 어떻고 대꾸를 해보았지만 내 허술한 변명을 오경은 하나하나 간단하게 쳐냈다. ……시선집? 요즘은 다 재수록료 받아. ……인디자인은 다룰 줄 알아? ……홍보랑 마케팅은 어떡할 건데? ……예전 출판사에서 내가 잡지를 만들었잖니. 편집장은 아이디어도 많고 필자 인맥도 넓은 사람이었어. 근데 사장이 원고료를 아까워해. 원고료가 박하면 좋은 글이 안 들어와. 죽도 밥도 안 되더라.

오경과 헤어지면서 나는 풀이 죽어버렸다. 뜬구름은 가볍게 흩어졌다. 벌을 서다 나온 기분이었다. 나는 막연했고 오경은 구체적이었다. 도무지 반박을 할 수가 없었다. 진주씨를 처음 만난 날이 다시금 떠오르기도 했다. 진주씨가 꿈 값을 후하게 쳐주어서 얼마나 흐뭇했던지. 꿈 값 때문에 꿈을 건넨 건 아니었지만. 꿈 값을 받지 않았어도 해몽전파사를 계속 드나들었을까. 받았더라도 밥 한끼를 먹을 수 없는 값이었다면. 나는 돈이 없었고 기술이 없었고 열정으로 의기투합할 친구도 없었다. 호기롭게 등록만 해놓았을 뿐 출판의 다음 걸음은 엄두도 내지 못했다.

삼월씨를 만나고서야 잊고 있었던 꿈은숨이 기억났다.

나는 꾾은숨의 주인이었다. 책을 낸 적도 낼 예정도 없는 유령출판사가 되고 말았지만 여하간 개업을 한 건 사실이었고 사업자등록증에는 내 이름이 적혀 있었다. 꾾은숨은 내가 꾸릴 세계여야 했다. 그런데 나도 모르는 꾾은숨에, 삼월씨는 이미 다녀왔다고?

*

오랜만에 밥과 국을 안쳐놓고 도서관에서 빌려온 과학책을 펼친다.

"이 세계에서는 우주들이 거품처럼 피어오른다. 끈이론은 10^{500}개의 변형들이 각기 다른 우주를 묘사할 수 있다는 깨우침에 도달했다……"

"우주는 여러 상태들로 동시에 존재하며 분화를 거듭한다. 양자역학의 체계가 중첩상태에 있는 것을 관측할 때마다 우주의 새로운 가지가 생겨난다……"

해몽전업사는 다른 우주에 있는 가게인가? 일테면 이 우주와 아주 약간만 차이가 나는 이웃 우주에? 그쪽에도 이쪽에도 스타벅스와 진원정밀과 성창공예가 있지만 그쪽에는 해몽전파사 대신 해몽전업사가 있다? 해몽전업사에서는 꿈은숨의 다음 모임이 예정되어 있고? 꿈은숨은 유령출판사가 아니라 꿈을 나누는 모임의 트위터 계정이고?

허황된 몽상 같지만 이렇게 생각하지 않고는 삼월씨의 이야기를 납득할 방법이 없었다. 그런데 삼월씨는 어떻게 그 모임엘 다녀온 거지? 과학자들의 말대로라면 무한한 각각의 우주들은 심오하게 격리되어 있다. 우주와 우주 사이에는 어떤 시공간적 관계도 성립하지 않는다. 그 말이 맞다면 해몽전업사의 사진이 여기 있어서는 안 된다. 삼월씨도 그 모임에 다녀와서는 안 된다. 안 되어야 한다. 안 되어야 하는데. 안 되는 것만은 아니라면. 만약 아니라면. 저쪽 우주에도 나라는 사람이 있어 진주씨와 인연을 맺었을까. 진주씨는 저쪽에서도 수술을 기다리고 있을까.

타이머가 울린다. 가스레인지의 불을 줄인다. 탁자 위에 놓인 광고지를 읽던 페이지 사이에 끼워두고 냉장고에서 굴을 꺼낸다. 오늘 먹지 않으면 상하고 말 것이다. 채

169

소 칸의 돌미나리도 끝이 물러가고 있다. 끓인 육수에 굴과 두부를 넣고 한소끔, 미나리와 얼려둔 고추를 넣고 바로 불을 끈다. 미나리는 아직 많이 남았는데 어떻게 해야 할지 모르겠고 임시 책갈피로 삼은 광고지도 눈에 거슬린다. 며칠 전 굴과 미나리를 사면서 무심결에 챙겨온 마트 광고지에는 지난밤의 꿈이 헐겁게 메모되어 있다. 후회가 밀려온다. 불을 켜고 물도 한잔 마시고 인상이 생생할 때 백지에 자세하게 써둘걸. 새벽의 꿈은 장엄했고 그 장엄함을 감당하기엔 내 뇌의 면적이 너무 좁아서 번쩍 눈꺼풀이 열렸고 적어두자, 사라지게 둘 수는 없어, 그래서 적기는 했지만

  이 우주에 풀 수 없는 방식의 종이 몇장으로 이어진 모든 복도의 총합 과적

  불을 켜지 않고 대강 손에 잡히는 종이에 휘갈겼더니 애써 판독해냈는데도 이 모양이다. 요일별 할인 상품과 할인 가격, 울긋불긋한 식재료와 생활용품 사진 위에 나

는 또 어둠 속에서 더듬거려 글자 위에 글자들이 올라탔고, 뭐라는 거야, 뭐가 그토록 장엄해서 적어두지 않고는 배길 수 없었던 거야.

*

잃어버렸던 그 장면은 놀랍게도 설거지를 하다가 불쑥 떠오른다. 구멍이 난 고무장갑을 벗고, 습기 찬 오른손을 앞뒤로 살펴보고, 서랍을 뒤져 남아 있는 고무장갑이 모두 왼손용인 걸 확인하고, 그중 하나를 하얀 배가 나오도록 뒤집어 오른손에 낄 수 있게 만들고, 빨간 왼손과 하얀 오른손과 초록 수세미로 시커멓게 탄 냄비 바닥을 닦으려던 순간. 대사전 두께의 책에 끈이 꽂혀 있고 어떤 손에 의해 그 페이지가 펼쳐지고 페이지 사이에 압축되어 있던 복도가 우주 속으로 뻗어나가던 장면이 머릿속을 지나갔다.

팝업 카드 같았어. 냄비에 눌어붙은 검댕에 식소다를 부으며 생각한다. 아니야. 싱크대에 튄 기름을 행주로 닦으며 머리를 젓는다. 훨씬 역동적이었어. 입체성의 최대치였어. 그 이상은 불가능이었어. 속에 찬 땀을 말릴 수 있도록 고무장갑을 뒤집어 건조대에 걸어둔다. 이번엔 하얀 왼손과 빨간 오른손. 잠시 망설이다가 나의 꿈은숨을 단칼에 잘라낸 오경에게 문자를 보낸다. 안녕. 오랜만이야. 일단 보내고 한 호흡을 고르고. 있잖아. 읽은 쪽을 표시할 수 있도록 하드커버 책에 달아놓는 끈, 그거 뭐라고 불러?

오경은 곧바로 답장을 보내온다.

가름끈.

그날 이후로 오경과는 연락한 적이 없는데 나의 머뭇거림이 무색하게 엊그제도 만났다는 듯이 살짝 귀찮다는 듯이 거두절미하고 단 세글자.

가름끈. 우주적 스케일의 복도 미스터리를 표시해둔 가름끈. 내가 읽고 있는 평행우주에 관한 책에는 가름끈이 따로 없고 나는 우주적 스케일의 꿈을 몇번 꾼 적이 있다는 것을 떠올린다. 그런 꿈에 놀라 잠을 깰 때면 늘 충만했고 또 아연했다. 꿈은 꿈일 뿐이지만. 꿈속에서는 말과 이미지의 관절이 아무 데로나 돌아가고 바로 그 아무 데로 나의 유연함 때문에 신비하고 감탄스럽지만. 그래도 꿈은 삶을 재료로 삼는 것이 아닌가. 내 삶과 무관한 이 충만함은 어디서 오는 것일까.

꿈 32 광란의 푸른 별

일식의 컴컴한 하늘 아래. 전갈자리가 뚜렷이 보인다. 전갈의 꼬리가 움직인다.

꼬리의 마지막 별이 떨어진다. 이쪽으로 떨어진다. 광란의 푸른 별이. 고리를 겹겹 두른 얇고 푸른 별이. 삶의 부록과도 같은 산산조각의 창백한 별이.

나는 활주로에 혼자 서서. 비행기도 없이 날개도 없이 혼자 서서. 떨어지는 별을 본다.

미지의 우주에서 온 하나의 에피소드로 우리의 삶은 이토록 풍요롭구나. 그 모든 표절을 무릅쓰고 눈물겹구나.

꿈 33 가오리연과 천둥설

연이 날린다. 수많은 가오리연이 하늘을 빈틈없이 뒤덮고 있다.

바람이 분다. 흔들리는 연과 연 사이로 빛줄기가 소나기처럼 쏟아진다. 연의 꼬리가 펄럭인다. 나의 치마도 펄럭인다. 신기하다. 나는 하늘을 올려다보고 있는데. 동시에 가오리연 사이에 떠서 펄럭인다. 치마가 항아리 모양으로 부푼다. 천천히 착륙을 준비할 차례다. 팬티가 다 보이지만 상관없다. 엉덩방아를 찧어도 괜찮을 것이다. 치마로 텐트를 치고 잠시 기절해 있으면 된다.

봐봐. 움직이잖아. 나는 손가락을 들어 가오리연 사이에 떠 있는 치마를 가리킨다. 감격에 겨워 목소리가 떨린다. 보라고. 눈을 뜨고 좀 보라니까.

안타까움이 스친다. 왜 나만 눈을 뜨고 있는 걸까. 왜 나만 하늘

의 움직임을 알고 있는 걸까. 나의 전공은 천동설이다. 하늘은 *캐
시미어 벨트*를 따라 움직이고 하루에 하나씩 나는 움직임의 증거
를 발견한다. 가설은 곧 증명될 것이다. 초기 우주는 복잡하게 꼬
여 있었지만 하늘은 이제 삼부작으로 간결하게 움직인다.

믿으면 믿음직스러운 하늘이. 의심하면 의심스러운 하늘이. 슬
픔이 밀려오면 간단히 곤두박질할 수 있는 하늘이.

꿈 34 음력의 막

음력의 막이 눈앞에 적나라하게 펼쳐져 있다.

설마. 가슴이 뛴다. 지열이 끓는 모래벌판으로부터 아지랑이가 피어오른다. 하늘에서는 거룩한 함박눈이 내린다. 여름의 아지랑이와 겨울의 함박눈이 만나는 무릎 높이에 투명한 막이 형성되어 지평선 끝까지 끝의 끝까지. 몇백년에 한번 나타나는 기현상이라는데. 설마.

나는 웅크린 몸을 일으킨다. 등이 잘 펴지지 않는다. 기다리는 줄도 모르면서 오랫동안 기다려온 것이 분명하다. 신발과 양말을 벗고 나는 음력의 막 위에 올라선다. 맨살에 닿는 음력의 막은 살얼음보다 얇고 비단보다 부드럽다. 찢어질 것처럼 환하게 시야가 트인다.

가슴이 뛴다. 뒤로 물러선 지평선을 따라 멀리 저 멀리 음력의 난민 행렬이 지나간다. 알 것 같다. 내 삶의 숨겨진 무한수열. 닿을 수 없지만 나는 모호한 열망에 휩싸인다. 놓치고 싶지 않아. 목에 걸린 망원경을 눈에 대고 초점을 맞춘다.

앞이 사라진다.

틀렸구나. 이쪽으로 행렬을 끌어당겨야 했는데. 나의 눈동자가 행렬 속으로 빨려들었어. 거추장스러운 몸뚱이는 버려두고. 저쪽이 먼저였어. 저쪽이 더 힘이 세다. 음력으로만 시간이 흘러서. 나는 음력에 익숙하지 않아서. 안구를 부여잡고 비틀거리다가 쓰러진다.

알을 매기지 않은 미래의 새총이 이마를 겨눈 느낌이었습니다.

시간여행의 흔적이 조약돌 형태로 가슴을 꿰뚫었다고요. 아팠다고요.

잠긴 목소리로 나는 어디다 대고 뇌까린다. 제대로 잠복하고 망을 보라고 했잖아. 조짐이 있으면 신호를 보내라고 했잖아. 함부로 초과되지 말라고 했잖아. 뭣도 모르고 먼저 발각돼서 음력에 갇혔잖아. 앞이 보이지 않는다. 나는 초크를 들고 있는 것 같다. 외딴 공장에서. 음력의 투명한 막을 걷어 망토와 이불을 만드는 식민지에서.

음력의 막은 눈앞에 순간적으로 펼쳐졌던가. 이미 펼쳐져 있었던가. 펼쳐진다, 펼쳐져 있다, 펼쳐진다, 펼쳐져 있다…… 꿈속의 그 풍경을 어떻게 옮겨 써야 했을까. 시간은 음력으로만 흐른다. 펼쳐짐인가 펼쳐져 있음인가에 따라 음력의 시간은 다르게 흐르고 다르게 흐르는 시간 속에서 음력의 우주는 다른 가지를 친다. 단어의 한 끗 차이로도.

얼마 전 진주씨에게 꿈을 옮겨 적는 어려움에 대해 이야기했다. 시간이요. 시간을 어떻게 해야 할지 모르겠어요. 어떨 때는 꿈이 거꾸로 떠오르잖아요. 눈을 뜨기 직전의 장면에서부터. 꼬리를 물고 그 앞으로. 또 앞으로. 거꾸로 된 것을 거꾸로 내버려둬야 하나 한번 더 거꾸로 돌려 적어야 하나. 어떨 때는 또 햇수로 분명 삼십년쯤 되는 시간이 휙 지났는데 시간 감각이 없어요. 주마등처럼 지났다거나 그런 게 아니고요, 무시간적이라고도 못하겠고요, 없음, 시간 없음 그 자체예요, 이런 없음은 어떻게 살리죠?

진주씨는 나름의 옮겨 적기 원칙을 정했다고 했다. 70퍼센트의 원료. 20퍼센트의 문체. 10퍼센트의 작위. 사람마다 다르겠지만 나는 이 정도 비율을 지키려는 편이야. 원료만으로는 어떻게 할 수가 없잖아. 저쪽의 원료를 이쪽의 질서로 옮기려면 때로는 멜로디가 살아야 하고. 때로는 비트가 도드라져야 하고. 어떤 문장에는 메아리가 필요하고. 메아리보다는 음영이 필요할 때도 있고.

이쪽의 알맞은 단어와 접속되지 못한 장면들. 장면 속에 배치되지 못하고 겉도는 목소리들. 그런 것들을 이쪽 세계로 옮겨오기 위해 나는 몇 퍼센트의 작위를 섞고 있는 것일까. 때로는 손에 피를 묻히는 기분이다. 내 잠 속에 잠시 들른 것들을 강제로 붙잡아두기 위해 꿈의 숨통을 끊어 박제를 하는 건 아닌가 싶어진다. 삼월씨가 다녀온 저쪽 우주에 또다른 내가 살고 있다면, 그 우주의 나도 이 우주의 나와 똑같은 꿈을 꾸었다면, 어떤 문체로 얼만큼의 작위를 더해 음력의 막을 옮겨 적었을지. 그 우주에 옮겨진 음력의 시간은 어떻게 흐르고 있을지.

생각을 해보고 연락을 준다고 했는데 삼월씨는 아직 무소식이다. 꿇은숨을 꾼 적이 있다고 나는 미처 그에게 말하지 못했다. 삼월이 가고 있다. 삼월이 가면 만우절이 온다. 삼월이 가기 전까지 연락이 없으면 삼월씨도 악의 없는 거짓말 중 하나가 되어버릴 듯한 기분. 안타까운가. 모르겠다. 나는 그가 다시 나타나기를 기다리는 것도 같고 영영 사라지기를 바라는 것도 같다.

꿈 35 나나핑거

팔을 뻗는다. 닿지 않는다.

팔을 뻗는다.

닿지 않는다. 어깨가 빠지지 않는다. 조금만 더. 닿는다. 팔을 뻗는다. 잡힌다. 되었어.

손에 힘을 준다. 마개다. 되었어. 이제 닫으면 된다. 새지 않도록. 한방울도 새지 않도록. 꽉 닫아야 하는데. 마개는 어디 가고 손에 닿은 것은 널빤지다. 널빤지를 이어붙인 낮은 천장. 널빤지에 정수리가 쏠린다. 기적 소리가 들린다. 화물열차가 덜커덩거리며 지나가는 동안 머리 위의 널빤지가 파르르 떨린다. 우리는 다락에 숨어 있다. 이곳은 환란구역이다.

우리는 북새통의 거리를 걸었다. 삼월이었다. 망토를 입은 여자가 앞장을 섰다. 거리에는 깨진 점토 그릇이 나뒹굴고 흙투성이의 가발이 발에 밟히고. 찢어진 깃발과 현수막이 어지럽게 펄럭이며 *초끈의 올가미로 인간을 끝장내라!* 화약이 터지고 전단지가 흩날리고 *노점상은 판매 행위로 아방가르드를 구현하는 전투집단이다!* 우리는 모퉁이를 돌아 폴란드의 후미진 골목을 지나 삼월을 지나. 파헤쳐진 마당을 모른 척하며 우리는 골목 끝의 대문으로 들어서고 녹슨 철제 계단을 줄지어 오르고. 우리는 널빤지 아래. 우리는 다락에 모여서.

우리는 하느님의 손에 손금과 지문을 그리는 노동을 하고 있다. 하느님의 손금을 읽는 것은 우리의 몫이 아니다. 우리는 대피소에 숨은 채로. 아니면 수용소에 갇힌 채로. 미래를 짊어진 것 같은 영웅적 감정에 들떠서. 뒤로는 미래와 절연된 가혹한 노역에 찌들어서. 갈비뼈를 들썩이면서.

우리의 손가락은 약지와 중지가 달라붙어 있다. 이런 손가락은 *나나핑거*라 불린다. 우리는 모두 나나핑거를 앓고 있다. 널빤지 사이로 물이 샌다. 머리가 젖는다. 나나핑거로는 마개를 찾을 수가 없다.

10장

설아씨가 다시 메일을 보내왔다.

Re: Re: 제목없음

안녕. 잘 지내고 있나요? 춥네요. 아직. 저는 그럭저럭 괜찮아
요. 엄마는 다행히 위기를 넘겼고 일반 병실로 옮겼어요. 며칠 후
면 퇴원하실 수 있을 것 같아요. 앞으로 오랫동안 재활 치료를 받
으셔야겠지만요.

오랜만에 노트북을 열었다가 메일을 써요. 잠이 잘 안 오고 옛
날 일이 두서없이 떠오르는데. 누가 들어주었으면 싶은가봐요.

보내주신 꿈, 조금 힘들었어요. 내가 꾼 꿈이 아닌가 하는 착각

마저 잠시 들었죠. 초등학교 몇학년 때였더라. 엄마가 직접 싸준 김밥을 먹고 싶다고 떼를 쓴 적이 있어요. 며칠 동안 저는 엄마와 말도 안 하고 눈도 마주치지 않았어요. 김밥을 싸주지 않으면 모녀 관계라도 끊겠다고 나설 대단한 기세였죠. 왜 그랬을까요. 실은 김밥을 그다지 좋아하지도 않았는데.

어느날 학교에서 돌아와보니 엄마는 정말 김밥을 싸고 있었어요. 단무지 대신 통조림 파인애플을 넣어서요. 엄마는 김밥을 싸본 적도 없고 먹지도 않으니까. 김밥 안의 단단하고 노란 것이 파인애플인 줄 알았대요. 파인애플김밥. 지금 적고 보니 샐러드김밥 돈가스김밥 유부김밥 같은 것들에 이은 신메뉴 같네요. 근데 그때 저는 못된 말을 뱉었고 엄마의 손을 뿌리치다가 도마 위의 김밥을 바닥에 팽개쳐버렸어요. 아주 나빴죠. 생각만 해도 얼굴이 화끈거려요. 어림해보니 그때 엄마는 지금의 저보다 어렸던 것 같아요. 어린 엄마의 머릴 저도 쓰다듬어주면 좋을 텐데 지금은 이렇게 늙고 초췌해지셨네요. 헐렁한 환자복을 입고 머리맡 폴대엔 주사액 주머니를 주렁주렁 달고요. 주무시면서 미간을 자꾸 찌푸려요. 무슨 꿈을 꾸고 계신 걸까요.

어제 제 꿈엔 해몽전파사가 나왔어요. 휴게실에서 잠깐 눈을 붙이고는 병실 문을 열었는데. 가게였죠. 환자복을 입은 사람들이 탁자에 둘러앉아 카드게임을 하고 있었어요. 탁자에는 흰 천이 덮여 있었고. 창밖엔 비가 내렸는데요. 비가 아니지. 누가 카드를 내려놓으며 말했어요. 기상청에서 고의로 빙초산을 떨구는 거야. 여길 녹여버리려고. 모여 있는 사람들이 고개를 끄덕였어요. 겁이 났어요. 손에서 뭔가를 놓친 것 같아요. 저는 멀찌감치 물러났나요. 모르겠어요. 가게는 카드로 지은 집처럼 작고 허술해서 손가락으로 툭 치면 그대로 무너질 것 같기도 했고. 빙초산에 부식되어 지붕이며 벽이 다 헐어버릴 것 같기도 했고. 없어지면 안 되는데. 빙초산을 어떻게 닦아내지. 안타까워하다가 눈을 떴네요.

기억하실까요. 제가 가게와 처음 인연을 맺은 건 루시드 드림 강좌 때문이었죠. 걸핏하면 가위에 눌리고 악몽에 시달리다 깨던 시절이었어요. 지금이라면 수면클리닉 같은 델 알아보았겠지만 그땐 그런 데가 있는 줄도 몰랐으니까. 알았대도 찾아갈 엄두를 내지는 못했으려나요. 학교도 다녀야 했고 아르바이트도 해야 했으니까요. 저는 편의점에서 일을 했는데, 어느날 새벽 두 손님이 컵라면을 먹으며 두런두런 나누는 이야기가 귀에 들어왔어요. 한 사람이 자기는 꿈속에서 꿈인 걸 깨달을 때가 많댔죠. 내키면 날

수도 있고 무서운 장면에 들어서면 요령껏 깰 수도 있다나.

솔깃했어요. 설마? 정말? 검색을 해보니 정말 그런 게 있더라고요. 연습하면 누구나 꿀 수 있다기에 링크를 따라가 온라인 커뮤니티에 가입했죠. 저는 꿈을 다스리고 싶었어요. 벗어나고 싶었고요. 커뮤니티에 올라온 초보자 가이드를 보며 연습했어요. 눈코 뜰 새 없이 바쁜 와중에도 꿈 일기를 쓰고 꿈 표식을 찾고 이완 연습도 하면서 틈날 때마다 시도했는데요. 안 되더라고요. 다들 부지런히 자각몽 경험담을 올리는데 나는 뭔가 열등한 사람인가. 실망스럽고 초조했어요. 되지도 않는 연습을 하겠다며 없는 시간을 쪼갰으니 잠은 점점 더 토막잠에 얕은 잠이 되어버려 종일 머리가 멍했고요. 그러던 차에 커뮤니티 운영진 중 한분이 오프라인 강좌를 한다고 공지를 올렸지요. 해몽전파사라는 데서요. 가게에서 여러가지 꿈 모임이 열린다는 걸 강좌에 참석하면서 알게 되었죠. 그날 밤 다시 알람을 맞추고 MILD라는 훈련 방식을 시도했는데요. 역시나 루시드 드림엔 실패했지만 신기하게도 실패한 루시드 드림에 대한 꿈이 선명하게 머릿속에 남았어요. 악몽이었는데도 꿈속의 나는 용감했고요. 그런 내가 좋아서 손끝 발끝까지 에너지가 충전되는 느낌이었달까. 그 꿈을 일기장에 옮기면서 루시드 드림에 대한 욕심을 접었어요. 그리고 해몽전파사의 낭독 모임에 나오기로 마음먹었죠.

그 꿈을 보내요. 언젠가 모임에서 읽으려 했는데 늘 벼르다가 말아버렸네요. 희한하게도 가게를 드나들며 가위에 눌리는 일이 점점 줄어서 저는 가게를 좋아하지 않을 수가 없었어요. 루시드 드림의 실패가 실패였던 것만은 아닌 셈이죠. 쓰다보니 말이 길어졌네요. 어젯밤 꿈이 마음에 쓰여요. 빙초산 같은 것은 제 머리가 지어낸 것이겠지만. 아무튼 가게가 안녕했으면 좋겠어요. 이만 총총.

우리는 영도에 모여 있다. 빠르게 물이 차오른다. 이상하다. 밀물은 멀었는데. 영도는 곧 물에 잠길 것이고 을숙도는, 을숙도의 개와 새와 갈대는 이미 잠겨 사라졌다.

"청습현상이 임박했습니다." 가이드가 입을 연다. 우리는 가이드를 따라 루시드 드림 일일투어를 하는 중이다. "안 되겠어요." 그는 우리에게 마스크를 나눠주고 태연하게 기지개를 켠다. 우리는 운이 나쁘다. 청습현상이 일어난 곳에는 꿈의 굵직한 입자들이 침투하지 못한다. 굵직한 입자 없이는 뚜렷한 이야기도 가까운 신기루도 만들어지지 않는다. 미세먼지만 청습현상을 뚫고 흐릿하게 떠다닐 텐데. 초보에게는 무리다. 초보란 그런 것이다. 호흡기가 망가지고 기침과 재채기만 하는 그런 것이다. 가망이 없다. 영도는 끝이다. "끝이라고요? 영도가 끝이면 다 끝인가요?" 우리는 영도의 돌을 움켜쥐고 항의를 한다. "영도 말고는 없다는 게 말이 돼

191

요?" 우리는 팔매질을 할 기세다. 여기까지 어떻게 왔는데. 세계의 끝 부산에. 투어에 참가하려고 적금을 깨고 가족도 버렸는데. 이렇게 끝낼 수는 없다. 원통하다. "정 그러시다면," 가이드는 하품을 하며 덧붙인다. "마이너스 포인트로 가야 해요. 플러스 포인트로 가는 길은 막혔습니다." 그는 턱 끝으로 따라오라는 신호를 보내고 맨홀 뚜껑을 연다.

맨홀 아래로 나선형의 갱도가 이어진다. 영도에서 그만둘 것이 아니라면 더 깊은 데로 가는 수밖에 없다. 갱도는 좁고 어둡다. 앞이 보이지 않는다. "메아리를 조심하세요." 앞서가는 가이드의 목소리만 텅텅 울린다. 블랙아웃에 화이트노이즈. "잘못 깨면 끝장이에요." 이마에 석회물이 떨어진다. 메아리가 갱도를 메운다. 목소리의 방향은 짐작되지 않고 목소리는 메아리는 잘못 깨면 끝장이다. 플러스 포인트 쪽으로는 은회색의 수로가 이어지죠. 수로를 따라가면 코를 막지 않고도 꿈속으로 잠수할 수 있지만. 마이너스 포인트는. 아시죠. 늪이죠. 늪에 고여 썩어가다가 다른 꿈의 거름이 되는 겁니다. 습기에 비린내가 섞인다. 갱도의 바닥은 점점 질척해진다. 이윽고 마이너스 포인트에 다가온 거구나. 밑창이 두꺼운 운동화를 신었는데도 발바닥에 물컹한 것이 닿는다. 뛰고 싶다.

서둘러야 하는데. 우리는 신분증이 없다. 루트가 정해진 투어인데도 우리는 어쩐지 쫓기는 것 같다. 주머니에 손을 넣자 성냥갑이 만져진다. 성냥갑의 성냥개비 끝에는 죽은 감정이 입혀져 있다. 다행이다. 죽은 감정에 불이 더 잘 붙으니까. 가족도 버렸으니까.

성냥을 켠다. 우리는 죽다 만 쥐. 쥐벼룩. 쥐며느리. 쥐며느리가 물어뜯은 팔다리를 밟고 서서.

성냥을 켠다. 눈이 퇴화한 여자가 동굴의 문을 지키며 점자책을 읽고 있다.

성냥을 켠다. 영도의 물이 코와 귀로 넘어온다.

성냥이 꺼진다. 다른 빛이 든다. 뚫리겠구나. 뚫리지 않는다. 손바닥은 뚫리지 않는다. 손가락으로는 손바닥이 뚫리지 않고 빛은 커튼을 뚫고 들어온다.

설아씨의 기억은 정확하지 않다. 나는 설아씨가 해몽전파사에 처음 온 날을 기억할 수 없다. 내가 오기 전부터 설아씨는 모임에 나오고 있었기 때문이다. 그저 나오고 있었던 것만이 아니라, 내가 아르바이트를 시작하며 하게 된 일의 일부를 예전엔 설아씨가 맡고 있었다. 말이 별로 없는 진주씨를 대신해 나에게 해몽전파사의 이모저모를 알려준 것도 그였다. 그는 왜 내가 그 루시드 드림 강좌에 있었다고 생각한 걸까. 진주씨에게 하고 싶었던 이야기가 무심코 섞여 나온 건가. 무슨 불길한 예감 같은 게 스쳐서? 아니면 가게가 엉망이라는 얘기를 이미 듣고 내 의중을 넌지시 떠보는 건가.

나는 설아씨와 주고받은 메일을 진주씨에게 보여주었다.

"설아씨한테도 얘기하셨어요?"

"무슨 얘기?"

신주씨는 시치미를 떼고 설아씨와 내가 주고받은 꿈들만 골똘히 들여다보았다. 얄미웠다. 무슨 얘기는요. 그 얘기죠. 그 얘기를 어떻게 꺼내야 할지 나는 아직 갈피가 잡히지 않았다.

"이메일 주소를 안 알려주시니까 저에게 보내잖아요. 가게에 못 나오게 된 사정도 처음 나오게 된 사연도 사장님에게 얘기하고 싶었던 것 같은데."

진주씨는 내 말을 흘리고는 딴소리를 했다.

"이제 세 사람 꿈이 모인 거지?"

나는 고집스레 내가 하던 말을 이어갔다.

"이번에 보낸 영도 꿈도 저번에 보낸 피의 꿈도 사장님에게 가장 먼저 보여주려던 거잖아요. 저 말고요."

설아씨의 생각을 멋대로 지어내면서 뜨끔했지만, 말해놓고 보니 또 그게 사실인 것도 같았다.

"자기들 둘이 주고받아서 더 좋았잖아."

진주씨는 여전히 고개를 들지 않았다.

"뭐가요?"

"엄마 이야기도 나누고."

"사장님과도 나눴겠죠."

"나는 엄마 몰라."

예상치 못한 대답이 돌아와 잠시 당황했지만 나는 어쩌

자는 건지 집요했고 침을 꿀꺽 삼킨 후 진주씨가 넘긴 말을 기어이 다시 받아넘겼다.

"……저는 루시드 드림 같은 거 몰라요."

모른다,라기보다 나는 관심이 없었다. 발음만 마음에 들었다. 루시드(lucid)라는 단어의 맑고 선듯한 느낌. 꿈속을 흘러내리는 꿈에 어울릴 것 같은. '자각몽'이라고 옮겨지곤 하지만 굳이 번역한다면 자각몽보다는 액체몽이라는 게 낫지 않을까, 자각몽을 영어로 옮긴다면 루시드 드림보다 드라이 드림(dry dream) 쪽이 어울릴 테고, 드라이 드림은 또 건조몽이라 옮기면 좋겠지, 이런 식의 실없는 말장난이나 굴려보며 의식이 반쯤 섞인 비몽사몽의 장면을 이건 액체몽, 저건 건조몽, 엉터리로 분류해본 것이 루시드 드림에 대해 내가 가진 관심의 전부였다.

진주씨는 한숨을 쉬며 눈을 들었다. 그러고는 책장에서 책을 한권 꺼내 내게 건넸다. 『꿈: 내가 원하는 대로 꾸기』. 저자는 스티븐 라버지. 책장에 늘 꽂혀 있어 눈에 익은 제목이지만 그동안 한번도 펼쳐볼 생각을 하지 않은 책이었다. 청춘들이여, 큰 꿈을 품어라, 같은 하나 마나 한

내용이 장황하게 적혀 있을 줄 알았다. 나는 그제야 뜨악한 표정으로 듬성듬성 훑어보았다. 기억술을 이용한 의식적 꿈꾸기 유도 테크닉(Mnemonic Induction of Lucid Dreams), 일명 마일드(MILD), 설아씨가 말한 MILD라는 게 이건가. 또 최면 테크닉, 자기암시 테크닉, 무슨무슨 테크닉에 대한 설명이 많았다. 자기계발서나 멘토링북 계열이 아니라는 건 확인했지만 꿈꾸기 테크닉이라니, 아무래도 나는 얕보는 마음이었고, 휴대형 의식적 꿈꾸기 유도 기구인 드림라이트……라는 구절을 보고는 급기야 웃음을 터트리고 말았다. 그렇게까지 웃긴 건 아니었는데도 어깨까지 들썩이며 웃었다.

"자각몽 하는 사람들 사이에서는 나름 고전이야."

진주씨는 나무라는 표정으로 눈을 흘겼다.

"그래서. 해보셨어요?"

빈정거리려던 건 아니었는데. 터트렸던 웃음을 나는 얼굴에서 깨끗이 지워내기 어려웠다. 지운 웃음과 남은 웃음이 뒤섞여 광대뼈를 건드리고 입 주변의 근육을 일그러트렸다. 진주씨는 조금 화가 난 듯했다. 카디건 자락을 여미고 창밖을 보며 소리 없이 어깻숨을 쉬었다.

"여기서 자각몽 강좌를 열었던 강사는 내 대학 동기야."

진주씨는 숨을 크게 들이쉰 후 장식장에서 모래시계를 꺼내 탁자에 올렸다.

"그 친구가 개업 선물이라며 준 거."

모래가 흘러내렸다.

"한시간짜리. 이걸로 시간을 맞추고 나도 한동안 마일드를 해봤지."

진주씨는 마일드라는 것에 대해 간단히 설명해주었다. 일단 알람을 맞추고 네다섯시간 자고 일어나 꿈을 기억해낸다. 그리고 한시간 정도 깨어 있다가 다시 누운 다음 좀 전에 꾼 꿈속으로 돌아가기 위해 마음을 집중한다. 꿈은 대체로 렘수면기에 꾸는데, 수면 주기가 반복될수록 렘수면이 활성화되기 때문에 이런 식으로 마지막 수면 주기에 들면 자각몽을 꿀 확률이 압도적으로 높아진다는 것이었다.

"과학적인 건가요."

"그럴 거야."

"정말 맘대로 날아다니기도 하고 그래요?"

"아니."

"그럼요?"

"추락했어. 나는."

꿈 37 청색증

전망은 환상적이다. 하늘. 바다. 초원. 초원에 점점이 흩어진 함석집들. 도장으로 꾹꾹 눌러놓은 듯 함석집들은 다 똑같은 크기에 반듯하다. 좋군. 아무래도 좋다. 삶은 푸르고 나는 청색증을 앓고 있다. 청색의 바람이 분다. 청색의 구름이 흘러간다. 처마에서 처마로 빨랫줄은 줄줄이 이어지고 빨랫줄에는 어떤 속옷이 어떤 이불이 어떤 양말이. 해진 것이 빳빳한 것이 창백한 것이. 이토록 아름답게 늘어진 빨랫줄은 본 적이 없다. 탄성이 흘러나온다. 남의 집 빨래를 훔쳐보는 일은 왜 이렇게 즐거운가. 빨랫줄에 널린 빨래의 시간은 어떻게 흐르는가.

빨래 바구니를 든 여자가 빨랫줄을 향해 걸어간다. 바구니는 푸르고 여자의 걸음은 가볍다. 바구니 속에 몰래 숨을 수 있다면. 저 풍경 속에서 내가 빨랫줄의 곡선처럼 아름다울 수만 있다면. 나는 침을 삼키며 다음을 기다린다. 구하면 얻으리니. 믿으면 이루어지리니. 바구니의 가장자리에 매달려 있던 나의 그림자는 바닥에 떨어진다. 떨어지면 돌아가리니. 나의 그림자는 오염물이 제거되지 않아 빨랫줄에 걸릴 자격이 없다. 다시 세탁기 안으로 돌아가야 하겠지. 나는 엉덩이를 털고 일어선다. 펄럭거리는 소리가 들린다.

숨은 신이 나의 귀에 속삭인다. "맹목성을 통해서만 펼쳐지는 시야가 있어. 앞을 봐."

숨은 신이 나의 어깨에 손을 올린다. "천진함에 의해서만 가능한 도약이 있어. 앞을 보라니까."

앞을 본다. 눈을 감고. 숨은 신이 나의 그림자를 뒤집어쓰고 일어선다. 비로소 나는 깨닫는다. 꿈속이구나. 청색증은 꿈속의 풍토병이구나. 청색증 때문에 숨은 신을 만난 거구나. 아래를 내려다본다. 고랭지의 꿈은 푸르고 전망은 환상적이고 한 발 앞은 절벽. 땡볕. 신이 나의 등을 떠민다.

삶은 푸르다. 나는 바닥에 누워 있다. 어디까지 추락해서. 깨났

군요. 좋죠. 이것은 어스름의 목소리. 반짝이는 거미줄이 머리 위를 가로지른다. 거미줄에 걸린 옷가지들이 펄럭거린다. 빨랫줄은 어디 가고 거미줄이. 멀고 또렷하다. 장대에서 장대로 저 먼 가지 끝으로 지붕 밑으로 난간으로 거미줄은 겁 없이 가늘고 유연하고…… 천진하고 맹목적이고…… 새벽의 푸른빛을 자르고 있다.

진주씨는 루시드 드림이 일종의 줄타기인 것 같다고 했다. 왼쪽 마음은 꿈속으로 몰입하고. 오른쪽 마음은 꿈속을 관찰하고. 어느 쪽으로도 기울지 않는 기술이 중요하다. 몰입만 하면 꿈에 빠져들어 꿈인 줄 모르면서 꿈을 꾼다. 관찰하려는 의욕이 너무 크면 잡념이 쳐들어와 불면의 피로만 쌓인다. 균형을 잡아야 한다는 걸 머리로는 알겠는데. 몸은 따라주지 않더라. 나로서는 어려웠어. 수련과 명상을 이어갈 만한 인내심은 없었고. 자각몽이라는 걸 깨닫는 순간 번번이 추락했어. 날다가 추락하고. 걷다가도 추락하고. 누워 있는데도 추락하고.

나는 진주씨의 실패담을 들으며 어디선가 읽은 돌고래 이야기가 생각났다. 돌고래는 좌뇌와 우뇌가 번갈아 잠에 든다던가. 좌뇌가 잠을 자는 동안 우뇌는 깨어서 망을 본다. 우뇌가 잠에 들면 좌뇌가 깨어 호흡을 조절하고 지느러미나 꼬리를 돌본다. 꿈도 번갈아 꾸겠지. 좌뇌의 꿈은 우뇌가 관찰하고. 우뇌의 꿈은 좌뇌가 살펴주고. 그러면 돌고래가 꾸는 꿈은 전부 다 루시드 드림일까.

"진주씨."

나는 오랜만에 진주씨를 진주씨라고 불렀다.

"응?"

진주씨는 모래시계 안의 모래에서 눈을 떼지 않은 채 듣고 있다는 표시만을 했다.

돌고래의 잠에 대해 들어보셨어요?

라고 운을 뗀 다음 나는 무례하게 군 것에 대해 사과하려고 했다. 모래는 거의 다 떨어져 있었다. 얼마 남지 않은 위쪽의 모래가 잘록한 목을 통과하며 소용돌이를 만들자 시간이 점점 더 빠르게 흘러내리는 것만 같았다.

"수술할 때 누가 옆에 있어요?"

내 입에서는 엉뚱한 말이 튀어나왔다.

진주씨는 나를 가만히 보며 희미한 미소를 지었다. 그러고는 모래시계를 뒤집어놓았다.

"걱정하지 않아도 돼."

꿈 38 액체몽 – 물

커피 때문일 것이다. 겨울밤의 검은 액체. 밀려오는 잠을 강제로 떠미는 모종의 완력. 목 밑은 이미 잠에 사로잡혀 매트리스 아래로 잠겼는데 머리만 베개 위에 둥둥 떠 있다.

머리만 남았구나. 나는. 목을 죄는 칼을 쓰고. 망망대해의 수면에 머리만 남았구나. 나는. 감은 눈의 어둠 속에서 길이 나타난다. 갈림길이다. 이정표는 없다. 무섭다. 무조건 나는 방향을 잘못 들게 되어 있음을 안다. 눈을 뜬다. 뜬눈의 어둠. 여기였어. 방향을 잘못 들기 전에 있던 자리. 개가 있다. 개밥 그릇이 있다. 개는 계단을 지키고 있다. 개가 하는 말인지 개에게 하는 말인지 알 수 없는 목소리. 여기서부터는 음식을 남겨도 됩니다. 남은 음식은 개가 먹습니다. 개는 죽지 않습니다. 개는 살지 않습니다. 개는 개헤엄의 선수입니다······

가라앉는다. 머리도 잠긴다. 노천의 온천물이다. 망망대해가 아니라서 다행이야. 따뜻하다. 신체의 녹는점에 가까스로 닿은 기분. 커다란 탕 안에는 검고 아름다운 사람들이 동그랗게 둘러앉아 이야기를 나누고 있다. 나는 검고 아름다운 사람들 중의 하나인데. 유감스럽게도 검고 아름다운 사람들 사이에 끼어들지는 못한다. *눈밭에 나가 검고 아름다운 팔을 베고 오셔야 합니다. 너는.* 밀려난다. 나는. 커피 때문일 것이다. 검고 아름다운 액체.

말도 안 돼. 벽을 등지고 모로 눕는다. 팔을 어떻게 벤단 말인가. 떼어버릴 수도 없는데. 바닥에 깔린 왼팔을 접어 목을 감는다. 감은 눈 속에 미소를 띤 입술이 나타났다 사라진다. 아. 이게 바로 *목기는* 상태구나. *목기다.* 벨 수 없는 팔로 목을 감을 때 입술에 번지는 웃음을 위한 동사. 말도 안 돼. 목기지 마.

고모의 집을 훔쳐보고 있다.

고모의 집은 삼층이다. 외벽은 통유리로 되어 있고 방들은 일렬로 늘어서 있다. 가로로 길고 깊이라고는 없어서 마치 종이에 그려놓은 집처럼 보인다. 사각지대는 없다. 시야에 이토록 알맞게 들어오는 걸 보면 나는 맞은편 건물 창가의 로얄석에 앉아 있는 것인지도 모른다. 고모는 나를 위한 파티를 준비하고 있다. 감자튀김이 보이고. 가지와 돼지고기로 속을 채운 메밀전병도 있다. 루비 색깔 소스를 뿌린 탕수육도 있다. 가스레인지 위의 프라이팬에는 주황색 녹이 고르게 덮여 있다. 색이 선명하고 깊어서 프라이팬 자체로도 이미 완성된 요리처럼 보인다. 고모는 호두를 까고 하얀 가죽 앞치마를 두른 요리사는 무쇠칼로 동태를 토막 낸다. 사촌은 사촌의 방에서 미간을 찡그린 채 특수 액체를 제조하는 중이다. 한모금 마시면 흉곽이 넓어져서 음식물을 끝까지 먹어치우게 되는 식욕촉

진제다. 사촌의 옆방에서는 사촌의 사촌이 거울 앞에서 표정 연기를 하고 있다. 연습실인가 대기실인가. 흥미진진하군. 사촌의 사촌 다음에는 사촌의 사촌의 사촌이 옆방의 옆방에서…… 비켜줄래. 안 보이는데.

초인종이 울린다. 고모는 앞치마에 손을 닦고 현관으로 향한다. 나는 당황해서 손나팔을 하고 저쪽을 향해 소리친다. 고모. 위험해. 문을 열면 안 돼. 고모는 나의 목소리를 듣지 못한다. 나는 누가 초인종을 눌렀는지 알고 있다. 고모가 현관문을 열면 내가 웃는 얼굴로 서 있을 것이다. 고모는 나를 해맑은 표정으로 안아줄 것이다. 고모. 안 돼. 고모는 나를 모른다.

"됐습니다. 그냥 가려고 합니다."

나는 고모부에게 말한다. 고모부는 아베 총리다.

"그럴 수는 없네."

고모부는 방금 목욕을 하고 나온 것처럼 보인다. 유카타를 입고 안락의자에 앉아 정색을 하며 고개를 젓는다.

"나는 자네를 구해줄 생각이 없었어. 돕고 나면 대가를 받고 싶어지거든. 참견을 하려 들겠지. 내키지 않았네. 한데 자네가 간청

했잖아. *약간의 곡임이 찰요*하다고. 받아들여야 해. 이미 엎질러
졌어."

　엎질러진 것은 고모의 물인데. 나의 물이 아닌데. 나는 고모의
집에 와 있다. 고모의 집은 천장이 높고 고모부는 할복을 하려는 것 같
다. 칼자루를 쥐고. 정면이 아니야. 측면이다. 옆구리에서 쿨럭쿨럭 피
가 쏟아진다. 손바닥으로 살을 누른다. 출혈은 멈추지 않는다. 아니다.
손가락 사이로 흘러나오는 것은 피가 아니라 꿈이다. 꿈은 허벅지를
타고 내려와 낭자하게 바닥을 적신다. 나는 어쩔 줄 모른다. 칼에 찔렸
는데. 깊이 찔렸는데. 찔린 데는 아프지 않고 살을 쑤시는 감촉이 내 손
아귀에 전해진다. 칼자루를 쥐고. 내가 고모부를 찌른 건가. 아니면
나를 찌른 건가. 손바닥을 벽에 닦는다. 깨끗하다. 벽은 희다. 고모
의 집은 여기서 멀다. 나쁜 일이 아니야. 찌름과 찔림을 동시에 겪
어서. 묻어나는 것은 없다. 옆구리를 만져본다. 상태 양호.

꿈 40 액체몽 ─ 기름

막이 찢어진다. 꿈에 구멍이 뚫린다. 바깥의 소리가 흘러든다. 구멍을 손가락으로 막아보지만 소용이 없다. 소리는 점액질이다. 무지개색 기름띠를 만들며 꿈 위를 둥둥 떠다닌다. 오염의 부위가 넓어진다. 기름띠를 걷어내는 일을 포기하고 소독약을 뿌려본다. 역부족이다. 꿈의 괴사가 시작된다. 산소가 모자라 숨이 거칠어지고 나쁜 냄새가 난다. 썩은 팔이 떨어진다. 소리는 끈끈한 액체에서 사람의 음성으로 바뀌어 남자 소리 하나. 여자 소리 하나. 중국어다. 그래. 여긴 상하이의 호텔이지. 통로의 소리가 객실 문을 뚫고 두개골을 뚫고 꿈속에 기름띠를 만든 건가. 구불구불 깊은 목구멍의 중국어가 팔다리에 감긴다. 중국어는 혀가 입속에 반개쯤 더 있어야만 낼 수 있는 소리구나…… 내 혀는 반개가 부족하고……

액체몽이라고 적어둔 꿈을 몇개 추려본다. 공교롭게도 모두 낯선 도시에서 맞은 아침. 상하이 숙소의 아침엔 쿵, 쿵, 쿵, 망치질 소리가 들렸고, 이, 얼, 싼, 쓰, 눈을 비비고 문을 열어보니 몇명의 인부가 맞은편 객실을 수리하고 있었다. 꿈 위를 떠다니던 무지개색 기름띠 때문이었을까. 그날 문묘 주변과 인민 광장을 돌아다니는 내내 혀의 불편한 위치에 시달렸던 기억이 난다. 이제껏 혀를 어떻게 두고 지냈지? 구불구불 깊은 중국어 목소리들 속에서 나는 샤오룽바오를 먹을 때도 짧은 영어로 길을 물을 때도 혀의 움직임이 거추장스러웠다. 아랫니 안쪽에 혀끝을 내려놓아도 어색하고 입천장 쪽에 붙여보아도 제자리라는 생각이 들지 않았다.

이 꿈을 들여다보고 있자니 설아씨에게 한번 더 답장을 보내고 싶어진다. 설아씨. 남이가 떠오르네요. 예전에 설아씨와 함께 가게에 왔던 친구분의 강아지. 친구분 이름은 기억나지 않는데 강아지 이름만 기억이 나요. 남이는 혀가 계속 자라는 유전병을 앓고 있다고 했던가요. 가여워,라며 친구분은 휴대전화로 찍은 남이의 사진과 동영상

211

을 우리에게 보여주었죠. 삼개월, 육개월, 한살, 두살, 남이는 몸집이 커질 때마다 혀도 길어졌고 마지막으로 저장된 사진 속에서 남이의 혀는 입 밖으로 축 늘어져 있었어요. 그래도 귀여워. 액정 속의 남이를 친구분은 손끝으로 쓰다듬고 눈빛으로도 쓰다듬었는데. 문득 친구분의 안부도 남이의 안부도 궁금해집니다. 가게가 마음에 쓰인다고 하셨죠? 가게는 지금,

가게는 지금,

지금 어떻다고 써야 할까.

11장

팔을 베고 탁자에 엎드렸다가 잠이 들었다. 잠이 들었던 게 맞나. 얼마나? 목과 어깨가 결린다. 거울을 본다. 눈은 부어 있고 이마에서 미간을 지나 왼쪽 볼까지 소맷부리의 솔기 자국이 빨갛게 찍혀 있다. 이럴 줄 알고 고개를 반대쪽으로 돌렸는데. 아니었나. 엎드린 채로 나는 잠이 오지 않는다고 생각했다. 이마에 눌린 팔이 저려 인상을 썼다. 머릿속에 이상한 얼굴과 이상한 말들이 떠다녔지만 내 귀는 바깥으로 열려 있어서 나의 숨소리가 늘렸고 스피커에서 흘러나오는 레이첼 고스웰의 목소리도 들렸고. 내가 어디에 있는지 어떤 자세를 취하고 있는지 어떤 기분인지 다 알고 있었는데. 이런 상태로 꾸는 꿈은 뭐라 부르면 좋을까. 자각몽은 꿈속에서 꿈이라는 걸 자각하는 거라는데. 내가 자각한 건 반대로 내 신체의 감각. 자각몽도 액체몽도 아니라면 건조몽이라 해둘까.

꿈 41 건조몽

환등기가 돌아간다. 스크린이 밝아온다. 눈이 눈을 뜨고. 눈이
눈을 깜빡인다. 이목구비가 늘어난다. 눈꺼풀 속에서 멋대로 떠다
니던 반점들이 부산스레 정렬하며 두벌, 세벌, 웃는 실눈, 웃는 입
술, 한쪽 귀, 동그란 귀, 방향이 바뀌자 입술이 일그러지고, 다시 두
벌, 이목구비 옆에 숫자와 기호가 명멸하고 낄낄거리고,

"20분의 7은 신비로 가득하대."

"3.5로 바꾸면 맹탕이야."

"곱하면 잡탕이지."

"어려운 맛이라서 이마를 찌푸릴걸."

"약봉지를 풀었다고 쳐. 지수와 로그에서 긁어낸 가루를 입안에
털어 넣은 거야."

두런두런 만담이 오간다. 마카다미아 말인가. 마카다미아 말을 몰라

도 나는 다 알아듣는다. 통역용 콘택트렌즈를 끼고 있기 때문이다. 아주 편리하다. 렌즈를 낀 채로 눈만 감고 있으면 된다. 체온으로 렌즈가 적당히 따뜻해지면 한글자 두글자 자막이 뜨고 자막은 스크린을 지나 호흡의 리듬을 타고 심장의 박동을 타고

　"이것은 냉동껍질이잖아."

　목소리가 되어. 마카다미아의 목소리가 나에게 렌즈를 빼라고 다그친다. 목소리의 뒤로 사운드트랙이 흘러나온다. 슬로다이브의 메아리다. 느리게. 풍덩. 메아리의 멜로디야. 환등기가 돌아가는데 영화는 시작되지 못해서 멜로디에 딱지가 않고. 옛날 영화는 껍질을 벗겨내야만 상영될 수 있다는데 목소리는 뭉개지고 자막은 흐려지고 만담은 잡음이 된다. 영화의 껍질이란 그런 껍질이란. 눈꺼풀을 비벼서 사납게 비벼서 비늘처럼 비듬처럼 입김으로 날려버리면 나는 스크린 속에서. 스크린 속의 저 푸른 하늘 아래서.

환등기의 빛을 받은 스크린은 하늘색이었던 것 같다. 스크린에 뜬 눈 코 입과 자막은 흰색이었던 것 같다. 청명한 인공 하늘에 실구름으로 그린 그림처럼. 백일몽이 이런 걸까. 실은 자각몽도 백일몽도 어떤 건지 잘 모르겠다. 白日夢. Daydream. 대낮에 꾸는 꿈이 백일몽인가. 꿈속의 세계가 대낮이라야 백일몽인가. 아니면 흰빛이 도는 꿈을 백일몽이라 하는 건가.

정오가 가까워진다. 하늘엔 여태 달이 떠 있다. 내 꿈의 배색처럼 파란 바탕에 흰 반원. 어제를 끝으로 학원은 그만 나가기로 했다,라기보다는 잘렸다. 독감 때문에 한주를 통째로 빠진 탓이 컸지만 그전부터도 내 수업에 대한 평판이 좋지 않았던가보다. 마지막 수업을 마치고 새로 오는 강사에게 인수인계를 한 다음 밤늦게 가게에 왔다. 큰 미련이 있는 건 아니었지만 속상했고 아이들에게는 미안했다. 맥주를 마셨다. 맥주를 마시며 모래시계와 밤새 놀았다. 모래시계는 아직 탁자 위에 있다. 진주씨는 모래의 양이 한시간짜리라고 했지만 정확히 한시간은 아니라는 걸 알게 되었다. 처음 잰 모래의 시간은 58분 47초. 뒤집어놓은 두번째 모래의 시간은 1시간 4초. 가게를 물려주는 건 됐고. 진주씨에게 나를 해몽전파사의 정식 매니저로 채용해달라고 할까. 설아씨와 계속 몽몽교환 편지나 주고 받아볼까. 다시 뒤집은 세번째 모래의 시간은 58분 48초. 일기를 뒤적이던 네번째 모래의 시간은 1시간 3초. 모래가 쌓이는 불룩한 부분도 모래가 통과하는 잘록한 연결 부위도 눈으로는 위아래가 똑같아 보이는데 약 1분만큼 비대칭이다. 비대칭의 시간. 비대칭의 전파사와 전업사. 비대칭의 전파사와 출판사. 비대칭의 꿈은숨. 모래시계를 뒤집을 때마다 다른 우주가 펼쳐지는 것이라면. 이쪽에서 저쪽으로 흐르는 모래와 저쪽에서 이쪽으로 흐르는 모래가 다른 우주의 시간을 알리는 것이라면. 삼월씨에게 먼저 연락을 해볼까. 없는 번호면 어쩌지. 다섯번째 모래의 시간은 58분 50초. 모래시계를 뒤집을 때마다 맥주 한캔. 나는 모래알의 형태로 차곡차곡 쌓이는 시간이 좋았다. 쌓였다가 흘러내리며 다시 쌓이는 모래알의 다른 속도가 좋았다. 사라지지 않고 까마득해지지 않고 투명한 용기 안에 머물러주는 모래의 담담한 시간이 좋았다. 손가락 사이에서 모래알처럼 흘러나간 꿈속의 아이들도 좋았다. 나의 친구였던 아이들. 내가 가르쳤던 아이들. 내 곁을 스쳐갔던 아이들. 아이들은 환했고 또 슬펐다.

꿈 42 응고몽

"곤생님!"

저쪽에서 아이들이 활짝 웃으며 손을 흔든다. 나도 활짝 웃으며 손을 흔든다. 반갑지만 의아하다. 언제 교문으로 들어선 걸까. 아이들은 왜 나를 곤생님이라 부를까. 우체국에 가야 하는데. 우체국은 휴일이고 내 손에는 편지가 들려 있다. 봉투에는 주소가 없다. 어디로 보내려던 편지인지 기억이 나지 않는다. 궁지에 몰린 기분이다.

나는 운동장을 가로질러 아이들에게 다가간다. 아이들은 맨발로 양동이 주위에 모여 있다. 어깻죽지까지 팔을 넣어 양동이 안의 물을 휘젓고 있다. 아이들은 해동학교 일학년이다. 얼음을 녹여 물의 근원을 탐색하고 있다. 물이 다시 얼지 않게. 물이 결코 증발되지 않게. 원심력을 이용해 물을 물로 건조시키는 것이다. 이토록 실험 정신으로 충만하다니. 대견하구나. 나의 어린 과학자들. 나는 아이들의 머리를 쓰다듬으며 다정한 말을 건넨다. 물도 물이 되기 위해 애를 썼을 거야.

"건조가 아니에요. 응고예요."

한 아이가 나를 올려다보며 엄숙하게 말한다. 또 한 아이는 양동이를 가리키며 눈짓을 한다. 나는 아이들의 눈빛을 이해한다. 고개를 끄덕이고 무릎을 꿇는다. 아이들이 시키는 대로 머리를 양동이 속에 집어넣는다. 깊이. 근원보다 더 깊이. 민물이 아니구나. 꿈의 액체였어. 나는 머리를 담그고서야 깨닫는다. 거푸집에 쇳물이 들어가듯 대뇌피질의 주름을 따라 액체가 채워진다. 액체는 구불구불 리본 모양으로 응고된다. 응고몽이 되어간다. 아이들은 응고몽의 실험 대상을 곤생님이라 부른다.

양동이인 줄 알았던 그릇은 비닐이다. 아이들은 비닐을 살살 떼어낸다. 응고몽은 쏟아지거나 흘러내리지 않는다. 투명하고 부드럽다. 나는 어쩐지 수영장의 푸른 물 위에 큰대자로 떠 있는 것 같다. 팔돌리기도 발차기도 못하고 가만히 물밑을 보고 있다. 코로 물이 들어온다. 비강에도 응고몽이 가득한데 숨쉬기는 어렵지 않다. 이쪽이에요. 이쪽에 담겨주세요. 아이들의 말소리가 물 밑으로 가라앉는다.

꿈 43 데칼코마니 테스트

기름을 발라 반질반질 윤기가 흐르는 머리 위에 흰 가르마가 직선으로 뚫려 있다. 자랑스럽구나. 우리의 아름다운 머리. 곧고 반듯한 머리.

"하나라고 착각하지 마라."

선생이 이죽거리며 다가온다. 우리는 진주에 있다. 기생수업 시간이다. 선생은 가르마의 길이를 연장해서 우리가 앉은 책상 가운데에 분필로 선을 긋는다. "너희는 두쪽으로 갈라지기 직전의 쌍둥이일 뿐이야." 우리는 목덜미 아래로 팔을 돌려 머리를 꼼꼼히 땋는다. "그래봤자 손발이 잘 맞는 것뿐이야."

선생은 세뇌 담당이다. 검지를 들어 우리의 미간을 누른다. 선생의 손가락은 분필 가루에 뒤덮여 열개의 하얀 골무를 쓰고 있는 것처럼 보인다. 우리는 데칼코마니 테스트를 치르는 중이다. 가르마를 따라 금이 가고 골이 깊어간다. 그렇지만 우리는 보니와 클라이드. 완벽한 원형의 얼굴에 눈매는 정확히 찢어져 있다. 우리는 머리통을 갈겨도 쪼개질 수 없는 사이. 좌뇌와 우뇌가 교란되고 좌심실과 우심실의 피가 따로 돌아도 우리는 흔들리지 않는다. 개의치 않는다. 거울 없이도 1920년대의 여배우처럼 아름다운 아치 눈썹을 그릴 수 있다.

눈썹을 그릴 수 있지만. 땋은 머리의 끝을 고무줄로 묶을 수 있지만. 머리가 아프다. 쪼개질 것처럼 아프다. 가르마 때문이다. 선생의 농간 때문이다. 선생의 머리는 변발이다. 꽁지머리가 선생의 뒤통수에서 부지런히 흔들린다.

우리는 몸을 뒤척이다가 베개에 얼굴을 묻는다. 머리가 헝클어진다. 가르마 때문이다. 왼쪽 팔이 침대 밑으로 떨어진다. 썩은 동아줄처럼 늘어져 꿈속으로 가라앉는다. 잡을 수가 없다. 오른쪽 팔은 나의 어깨에 붙어 있는데. 얼굴 옆에. 이렇게 가까이에. 우리의 어깨는 어디 가고 나의 어깨에 붙어 움직이지 않는다.

팔과 팔 사이의 거리가 점점 멀어진다.

점점 멀어져서 영영 닿을 수 없을 것 같다. 우리의 눈썹을 우리
의 땋은 머리를 우리의 데칼코마니를 기억할 수 없을 것 같다.

꿈 44 청계천의 고독

천변의 벤치에 앉아 있다. 따뜻하고 나른하다. 박자를 착착 맞춰 길게 기운 오후의 그림자들. 교복을 입은 학생들이 삼삼오오 지나간다. 다들 한 손에 고깔 모양의 종이봉투를 들고 있다. 교과서를 찢어 만든 봉투겠지. 봉투 안에는 포장마차의 번데기가 들어 있을 테고. 번데기는 자고로 엄지와 검지로 집어 야금야금 먹어야 제맛이 난다. 좋겠군. 번데기도 다 먹고. 나는 양손 엄지와 검지를 엇갈려 대고는 자세를 낮추어 구도를 잡아본다. 청계천의 고독 속에는 좋은 구도가 많다. 빈 시간은 네모나다. 보도블록은 단순하다. 담아두고 싶은 좋은 나무. 좋은 지붕. 보기 좋게 그을린 갈색의 얼굴들. 학생들은 노닥거리며 점점 더 청계천으로 쏟아진다. 도표의 네모 칸에 넣을 수 있는 감정들이 두개, 세개…… 일곱개, 여덟개…… 속도가 붙는다. 과학 선생의 말이 떠오른다. 수량은 속도로 변환됩니다. 질량가속도의 법칙이죠. 학생은 어른이 되고 어른은 노인이 되고 장대에 매달린 깃발은 석양 속에서 검게 펄럭인다. 청계천의 복개공사는 아직 멀었지만 나는 서둘러 일어난다. 저 대열에 따라붙지 않으면 낙오되고 말 거야.

대로와 교차로를 휙휙 지나 우리는 광장에 모인다. 오늘은 4월 16일입니다. 집회가 열리기 시작한다. 누가 내 등을 떠민다. 앞으로 앞으로 떠밀려 나는 기어이 무대 단상에 오른다. 노래를 해야겠지. 다리에서 힘이 빠진다. 손이 떨려 보면대가 넘어진다. 보면대에 놓여 있던 악보에서 음표들이 흩어지고 악기를 조율하는 오케스트라의 어지러운 소리는 부채꼴로 번진다. 악보에 적힌 곡들은 현대인의 성대로는 따라 부를 수 없는 옛날 노래들이다. 선동가를 힘차게 불러 청계천의 에너지를 끌어모아야 하는데 나는 목이 트이지 않는다. 다들 단단히 서로 팔짱을 꼈는데. 오순도순 살아본 경험이 있어서 우리는 이렇게 스크럼을 짜고 있는데. 경찰이 들이닥치면 물폭탄에 최루가스에 아수라장이 될 것이다. 뿔뿔이 흩어져야 할 것이다. 그러니까 내 몫을 무를 수는 없다. 노래를 해야 한다. 발성이 안 되면 악이라도 써야 한다.

오리야, 오리야, 오리의 멱을 따듯

쓸쓸한 오리의 끝에 오리야 울지 마라 미운 오리야 울지를 마라

메아리가 울리고 노래는 어느새 돌림노래가 된다. 미운 오리야
울지를 마라 울지를 마라. 우리는 팔짱을 풀고 어깨동무를 한다.
설움이 북받쳐 눈물과 콧물을 주체할 수가 없다. 오리야, 오리야,
쓸쓸한 오리의 끝에서 노래는 *담비야, 담비야,* 담비의 꼬리에 꼬리
를 물듯이

잔잔한 담비의 끝에 담비야 울지 마라 매운 담비야 울지를 마라

괜찮아. 그만하면 됐어. 노래와 흐느낌 사이에서 교복이 나의 팔
을 잡고 속삭인다. 청계천의 갈색 얼굴. 청계천의 네모난 감정. 목
에 소박한 화환을 걸고 가슴에 단 명찰에는 조정미라는 이름이 새
겨져 있다. 조정미는 번데기를 집어 먹던 엄지와 검지로 동그란 오
케이 사인을 보낸다. 큐. 동그랗게 내민 입술. 동그란 갈색의 얼굴.
머리는 반백이다. 소매 끝은 새까맣다. 언제 이렇게 늙은 거니. 조
정미가 나의 볼을 만진다. 손마디가 굵다. 인중에는 구순구개열의
흔적이 있다. 눈 밑이 가볍게 떨린다. 조정미의 뒤에서 호루라기
소리가 들린다.

나는 이 꿈속의 시간을 안다. 서기 2039년 11월 26일. 304번째 마지막 304낭독회가 열리는 날. 아마 그럴 것이다.

광화문 광장에 들렀던 어느 토요일 오후, 작은 부스에 비치된 노란 소책자를 집어 든 적이 있다. 오늘은 4월 16일입니다. 누가 마이크를 들고 단상에 섰고 나는 엉거주춤 뒤쪽에 앉아 세월호를 기억하는 목소리들을 들었다. 낭독회는 매달 마지막 주 토요일, 304회에 걸쳐 열릴 거라고 했다. 한달에 한번씩 304회라면 몇년인가. 계산기로 나누기 더하기 빼기를 하며 셈을 해보니 2039년 11월 26일, 2039년이라면 그 애들은 몇살인가, 나는 몇살인가, 도무지 실감이 나지 않는 먼 시간이었다.

실감은 꿈속으로 먼저 찾아왔다. 교복과 함께. 열네살에 죽은 내 친구 조정미와 함께. 정미야. 안녕? 일기를 훑으며 오랜만에 인사를 했다. 노트북 모니터에 대고 손도 흔들었다. 너는 왜 맥주도 못 마셔보고 죽었니. 정미야. 왜 그랬니. 눈물이 났다. 진주씨랑 마지막 304낭독회에 함께 가면 좋겠다는 생각도 했다. 서기 2039년. 진주씨도 늙

230

고 나도 늙은 미래에. 그러고 보니 클론들이 반란을 일으켰던 「블레이드 러너」의 컴컴한 미래가 2019년, 올해구나…… 작년에 재개봉했을 땐 아직 미래였는데……「2001 스페이스 오디세이」의 미래였던 2001년도 지나고,「백 투 더 퓨처」의 미래인 2015년도 지나고, 올해가 지나면 2019년이라는 미래도 과거가 되고, 내 꿈속에 이미 와 있던 서기 2039년이라는 미래엔…… 그때쯤엔 천개의 꿈을 다 모았을까…… 해몽전파사는 어떻게 변해 있을까……

*

쿵쿵. 노크 소리가 들렸다.

나는 가만히 있었다. 위키백과의 2039년 달력을 들여다보며. 육십 간지로는 기미년. 몸 기(己). 아닐 미(未). 사망자는 없고 5월과 6월 사이엔 윤달이 있다. 윤달은 좋지. 윤달은 우묵하니까. 다시 쿵쿵. 진주씨라면 비밀번호를 눌렀을 테고 그밖엔 따로 올 사람이 없으니 우편물일 것이다. 아니면 전도하는 교회 사람이거나. 다시 쿵쿵. 아니면 주소를 잘못 찾은 배달 음식이거나.

다시 쿵쿵.

낮달은 그새 어디 가고 없었다. 이마의 빨간 자국은 아직이었다. 뭘까. 물을 한모금 마시고 옷걸이에 걸린 진주씨의 벙거지를 눌러썼다. 걸쇠를 풀지 않은 채로 문을 한뼘쯤 열었는데, 문틈으로 주황색 운동화가 보였다. 나는 조금 당황하며 걸쇠를 풀었다.

"어쩐 일이세요?"

삼월씨는 어리둥절한 표정이었다.

"새벽에 문자 보내셨잖아요. 오늘 꼭 와달라고."

12장

알루미늄 링에 털실을 감는다. 링의 지름은 12센티. 털실은 여섯가닥. 드림캐처를 만들고 있다. 꼼꼼히 감으셔야죠. 사이가 뜨면 안 돼요. 선생님이 주의를 준다. 그렇게 대강 겹쳐도 안 되죠. 링이 울퉁불퉁해지잖아요. 나의 털실은 청회색이다. 털실을 고르게 감는 건 생각만큼 쉽지 않다. 여섯가닥을 한꺼번에 감다보니 가닥가닥 말리고 두 가닥 세가닥씩 꼬이고 여섯가닥이 뒤죽박죽 엉켜버린다. 말리고 꼬이고 엉킨 실을 푸느라 좀처럼 진도가 나가지 않는다.

드림캐처 선생님은 어제 갑자기 연락을 해왔다. 강좌를

열기로 예정되었던 장소에 문제가 생겼다며 오후에 가게를 빌릴 수 있겠느냐고 했다. 나는 잠시 망설이다가 알겠다고 했고, 내 몫의 재료도 챙겨달라고 부탁했다. 해보자. 손재주 타령이나 하지 말고. 이 기회에 직접 드림캐처를 만들어보는 거다. 틀림없이 엉성한 그물이 나오겠지만. 상관없다. 그물은 어떤 그물이든 감동적이므로.

털실 감기를 간신히 끝내고 그물 짜기에 들어선다. 눈대중으로 링의 둘레에 열두개의 꼭짓점을 찍고 꼭짓점마다 자수실을 돌려 원에 내접한 십이각형을 만든다. 그물의 밑작업이다. 그다음은 실뜨기와 비슷하다. 실과 실 사이에 실을 걸고 잡아당기다보면 세모가 생기고 세모는 마름모가 되고 링은 차츰 그물로 채워진다. 너무 팽팽하게 당기지 마세요. 그물이 못생겨져요. 선생님은 나의 그물을 만져서 실이 조금 느슨해지도록 조정해준다. 마름모의 그물눈이 부드럽게 휜다. 안심이 된다. 거미의 유능함에 근접해가는 기분이다. 털실 감기가 어려웠다는 걸 그새 잊고 더 큰 링에 더 넓은 그물을 치지 않은 게 아쉬워진다. 이런 곡률의 그물눈이라면 좋은 꿈만 통과할 수 있을 거라는 근거 없는 확신. 구슬을 달 차례다. 선생님이 가져온 원석 상자에서 나는 진주 한알을 발견한다. 하나밖에 없어서 청금석도 함께 집어 든다. 뭐예요. 크기도 색깔도 안 맞잖아요. 선생님은 웃으며 말리지만 나는 개의치 않는다. 진주씨는 어제 수술을 받았다. 최종 조직검사 결과는 며칠 후에 나온다고 한다. 결과에 따라 수술 후의 치료 방법이 정해질 거라고 간호사가 일러주었다. 어떤 치료가 되든 어려운 시간이 이어지겠지. 침대 맡에 이 드림캐처를 걸어주려고 한다. 내가 짠 그물이 나쁜 꿈을 걸러내고 좋은 꿈만 내려보낸다면. 진주씨가 악몽을 꾸지 않았으면 좋겠다.

꿈 45 두고 온 짐

몇번째인지 모르겠다. 다시 그 집에 가는 중이다. 두고 온 짐이 있다. 이사를 한 지 여러 계절이 지났는데도 챙겨오지 않은 짐이 여태 남아 있다. 묘한 일이다. 짐을 다 뺀 것을 확인했는데. 벽장을 열어보고 모서리의 거미줄도 다 떼어냈는데. 돌아서고 나면 남은 짐이 있다는 걸 알게 된다. 거미가 다시 그물을 치며 나를 기다리고 있다는 생각이 든다. 돌아가야 한다.

건물은 ㅁ자 모양이다. 마른 나무껍질처럼 벽의 페인트가 들떠 있다. 안마당에는 이삿짐이 산더미처럼 쌓였고 초라한 아이들이 낡은 가구와 집기 사이에서 숨바꼭질을 한다. 역광을 받는 인부들의 검은 윤곽이 외벽에 난 허약한 계단을 지그재그로 오르내린다. 인부들은 어깨마다 커다란 창틀을 짊어지고 있다. 창틀은 뷰파인더다. 큰일이다. 누가 사진을 찍으려는 거다. 셔터가 눌리기 전에 이삿짐 사이에서 두고 온 것을 찾아야 하는데. 나는 무엇을 두고 왔는지 모른다. 옥상의 태양열 전지판이 번쩍거려 눈이 부시다.

마당에 부려놓은 이삿짐 사이에서 나는 한 아이를 찾아내고 옷
자락을 붙잡는다. 내봐. 내가 손을 내밀자 아이는 윙크를 한 다음
눈동자로 방향을 가리킨다. 나는 아이의 눈동자를 따라간다. 허리
높이로 쌓인 헌책들이 노끈으로 묶여 있다. 숨바꼭질을 하던 아이
들이 고개를 빼고 일제히 까르르 웃으며 말풍선을 터트린다.

"터가 좋지 않아요."

"이런 걸 속수무책이라고 해."

"이사비를 줘야지."

나는 헌책 더미 사이에서 숨은 그림처럼 파묻힌 인질을 발견한
다. 잠의 노끈에 둘둘 말려 팔과 가슴팍이 꼼짝없이 묶여 있다. 입
에 물린 재갈 사이로 침이 흘러내린다. 거미의 먹이가 되어버렸구
나. 나의 룸메이트.

아이가 나를 안내한다. 인질이 된 룸메이트를 대신해서 나는 아
이를 따라 방으로 들어간다. "3등급 방이에요." 아이가 말한다. 나
는 벽지를 만져본다. 도배를 새로 했지만 나는 이 방을 안다. 내가
머물다 이사를 나온 방이다. 두고 온 짐을 챙겨가려고 왔을 뿐인데

다시 이사를 와야 하다니. 방은 허술한 파티션에 의해 두 구역으로 나뉘어 있다. 한쪽 구역엔 안락의자. 검은 하수구. 흰 하수구. 다른 한쪽 구역엔 옷걸이. 책상. 개다리소반. 예전 방 주인의 물건들이다. 아이가 개다리소반 아래를 가리킨다. 소반 위엔 쇠로 만든 주사위가 놓여 있다. 나는 으르렁거리는 자세로 여기에 머무르며 잡무를 맡고 주사위점을 쳐야 한다. 3등급이니까 어쩔 수 없다.

간밤의 꿈에서는 익숙한 패턴이 읽힌다. 뭔지 모르지만 잃거나 잊은 것이 있고, 뭔지도 모르면서 그것을 부질없이 찾아 헤매고, 헤매다보면 어느새 떠난 자리로 되돌아와 있는 원점 회귀. 링반데룽 패턴이라 불러도 좋겠지. 그러나 링반데룽 패턴이라서 이 꿈에 마음이 쓰이는 건 아니다. 패턴은 변주되며 반복된다. 종잡을 수 없는 건 패턴으로 환원되지 않는 디테일이다. 꿈속의 거미는 아무래도 음산하고 불길했는데. 이런 거미를 보고 나서 드림캐처의 그물을 짜도 괜찮은 걸까. 거미의 먹이가 되어버린 나의 룸메이트는 누구였을까. 얼굴을 보지는 못했지만. 혹시 진주씨는 아니었을까. 삼월씨는 아니었을까.

삼월씨는 낼모레부터 낭독 모임을 함께하기로 했다. 학원을 그만두고 가게에서 보낸 밤 취한 호기로 삼월씨에게 문자를 보냈었나보다. 내 문자를 받고 고맙게도 찾아와준 삼월씨에게 나는 주절주절 이야기를 늘어놓았다. 잊고 있었던 꿈은숨에 대해. 비틀거리는 해몽전파사에 대해. 천개의 꿈에 대해. 또 흑진주에 대해.

삼월씨는 조용히 듣고 있다가 나의 등 뒤에 눈길을 주

었다.

"난로 위에. 알로카시아가 있네요?"

삼월씨의 시선을 따라 나는 고개를 돌렸다.

"임시로 올려두었던 건데. 어쩌다보니 자리가 잡혀버렸어요."

삼월씨는 난로 쪽으로 다가갔다.

"아세요? 알로카시아는 별명이 코끼리 귀래요."

꽃장수도 그랬었지. 코끼리 귀라고. 알로카시아를 사던 날이 떠올랐다. 골목 초입에 식물 트럭이 와 있었다. 나는 꽃 핀 식물들이 가득 실린 트럭을 한참 동안 기웃거렸고 꽃장수는 어떤 걸 찾느냐고 물었다. 키우기 쉬운 거요. 잎이 큼직하면 좋겠고. 꽃장수는 한뼘 정도 높이의 목대에 돌돌 말린 잎이 하나 올라온 포트를 내밀었다. 이래 봬도 코끼리 귀라 불려요.

지금 코끼리 귀는 다섯장. 창문을 열어두면 펄럭거린다. 옆구리에는 새끼가 올라와 있다.

"동물에서 가져온 식물 이름이 많잖아요. 재밌어요. 극락조, 제비꽃, 노루귀, 쥐오줌풀, 산세비에리아는 영어로 스네이크 플랜트라 하고……"

삼월씨는 그렇게 말하며 지갑에서 조그만 책갈피를 꺼냈다.

"그날 깊은숨의 모임에 있던 한분이 선물로 준 거예요. 유일한 증표죠. 그 모임에 제가 다녀왔다는."

나는 책갈피를 손바닥에 올려보았다. 말린 제비꽃을 코팅지로 누른 것이었다. 누구의 시더라. 콜리지였던가. 만약에 네가 잠들었는데. 잠들어서 꿈을 꾸었는데. 꿈속에서 천국에 갔는데. 천국에서 제비꽃을 꺾었는데. 그 꽃이 손바닥에 있다면. 잠에서 깬 너의 손바닥에 있다면.

"이 꽃 때문이었을까, 저는 재규어꽃이 활짝 핀 벌판에 있는 꿈을 꾸었어요. 그 꿈을 가져가려고 했었죠. 해몽전업사에서 열릴 거라던 모임에."

삼월씨는 다음 모임에 그 꿈을 가져오겠다고 했다. 해몽전업사가 아닌 해몽전파사로.

　알로카시아의 잎사귀를 물티슈로 닦아준다. 튼 손에 로션을 바르는 느낌이다. 잎사귀의 앞면은 꺼끌꺼끌하다. 뒷면에서는 연갈색 분말이 묻어난다. 줄기와 이어지는 오목한 부분에는 오래 묵은 거미줄 같은 것이 엉겨 있다. 알로카시아는 응애를 앓고 있다. 환기와 물 조절을 잘못해서 시들시들한 줄로만 알았는데 응애라는 작은 벌레 때문이라는 걸 최근에 알았다. 물티슈를 한장 더 꺼내다가 잠시 손을 멈춘다. 얘는 또 어디서 나타났을까. 잎사귀 하나에 민달팽이가 기어간다. 집도 옷도 살갗도 없는 투명하고 끈적한 생물. 슬로 모드로 재생되는 포르노 영상을 보는 것 같다. 스톱. 아니면 점프 컷. 나는 심술궂게 길을 막고 나무젓가락에 민달팽이를 태워 드림캐처의 그물에 옮겨놓는다. 그물 위의 달팽이는 움직이지 않는다. 달팽이의 뿔만 움직인다. 달팽이의 오른쪽 뿔에는 촉나라가 있다던가. 왼쪽 뿔에는 만나라가 있고.『장자』에 나오는 이야기일 것이다. 왼쪽 뿔에 사는 만나라 사람들과 오른쪽 뿔에

사는 촉나라 사람들은 전쟁을 했다는데, 드림캐처에 걸려 있는 달팽이의 뿔을 보고 있자니 꿈속에서 치고받은 건 아닐까 하는 생각이 든다. 치고받기만 했을까. 왼쪽 뿔의 제비꽃을 오른쪽 뿔로 건네고 오른쪽 뿔의 돌멩이를 왼쪽 뿔로 던지기도 했겠지. 삼월씨가 다녀온 꿈은숨은 오른쪽 뿔 속이었을까. 왼쪽 뿔 속이었을까. 해몽전파사는 왼쪽 뿔에 있는 가게일까. 오른쪽 뿔에 있는 가게일까. 나는 진주씨의 제안에 여태 답을 하지 못했다. 천개의 꿈이 모이면 달팽이의 뿔과 뿔 사이에 통로가 열린대요. 아무렇게나 사이비 예언을 지어내어 대답을 대신할까. 달팽이를 그물에서 내려 유리컵으로 옮긴다. 버리려고 모아둔 딸기 꼭지 하나를 함께 넣어준다. 기다려라. 뿔과 뿔 사이에 통로가 열릴 때까지.

시계를 본다. 설아씨와 병원 로비에서 만나 진주씨의 문병을 함께 가기로 했다. 늦지 않으려면 서둘러야 할 것이다. 드림캐처를 들고 문을 나서다가 가게를 둘러본다. 탁자 위의 모래시계. 난로 위의 코끼리 귀. 유리컵 속의 민달팽이. 꿈을 꿈이라 해도 꿈일 수 없는 세계로부터. 해몽전파사에서는 꿈을 모은다. 오래오래 모을 것이다. 진주씨는 오래오래 해몽전파사의 주인일 것이고 나는 오래오래 꿈은숨의 안내인일 것이다.

꿈 46 알라바마 알리바바

자전거를 타고 있다. 배달을 가는 중이다. 중앙시장을 가로지른다. 성당과 수녀원을 지나고 개울을 건넌다. 가파른 비탈을 오르며 페달을 밟는데도 숨이 차지 않는다. 짐받이에는 상추 한 박스가 실려 있다. 커다란 잎사귀들의 푸짐한 부피가 등에 닿는다. 내가 쓴 글들도 상추와 같은 작물이어서 상중하로 품질을 나누어 출하한다. 각자 쓸모가 있으므로 언제나 뿌듯하다. 대자보는 보자기로 삼으면 좋다. 일기는 반드시 삼각형으로 쓰니까 고깔모자로 접어서 머리에 얹으면 된다. 시들시들한 것으로는 주스나 잼을 만들 수 있다. 그러니까 다 좋다. 낫 놓고 기억력이 엉망이어도 된다.

구름이 흘러간다. 나는 팔각정 앞에서 자전거를 세운다. 팔각정 툇마루에는 소년이 앉아 있다. 소년은 반바지 아래로 무릎을 내놓고 있다. 무릎은 아주 동그랗다. 따로 떼어 굴리면 고무공처럼 굴러갈 것이다. 고양이가 다가와 소년의 무릎을 꼬리로 간질이고 사라진다. 나는 소년에게 말을 붙이고 싶어진다. 자전거포가 어딨니. 소년은 빙그레 웃으며 자전거의 바큇살을 만지다가 나의 팔을 잡아당긴다. 알라바마에 있지. 팔은 쉽게 빠진다. 알리바바 다음에. 연골이 없는 문장들이 우수수 쏟아진다. 뼈와 뼈가 부딪혀 달그락거리는 소리가 난다. 자전거를 타고 오다가 단어 하나를 흘렸다는 것을 그제야 깨닫는다.

뒤를 본다. 바람이 분다. 페이지가 넘어간다. 알라바마. 알리바바.

일요일에 연락할게. 알리바바. 알리바바.

일요일만으로 이루어진 시간의 페이지가 바람에 날려 무수히 넘어간다.

너의 건강을 기원해, 너의 의욕을 응원해

윤경희

진주조개잡이가 되었다.
조개는 꽤 많이 잡혔고 진주알이 심심치 않게 발견되었다.
그러나 하얗게 석회화된 조가비 안에 조갯살은 없었다.
바닷속은 콘크리트 조각이 굴러다니는 시멘트 바닥이었다.
물고기와 물풀이 보이지 않았다.
―2020년 1월 30일의 꿈

주창된 지 한세기가 훌쩍 넘었지만 정신분석의 위상은
학문으로서나 치료법으로서나 여전히 취약하다. 문학, 미
술, 영화 등 예술 생산과 감상에 적용하는 해석 방법론으
로서 일말의 유효성을 인정받았을지라도, 학술 담론에도

역사성과 유행이 있는 만큼, 탈구조주의, 페미니즘, 탈식민주의 같은 다른 사유들과 활발하게 결합하며 진화한 시기를 지나 현재는 답보 상태인 듯하다. 나는 정신분석을 문학 해석 이론으로 공부하는 것을 넘어, 직업적인 분석가가 되려는 마음으로, 그것을 치료법으로서 실제로 경험한 적이 있다. 꽤 오랜 기간 동안 정기적으로 분석가를 찾아가서 분석실의 카우치에 누워 자유연상에 따라 나의 이야기를 늘어놓은 적이 있다는 말이다. 이는 전적으로 주체적인 행위이므로 내담자나 피분석자 같은 통용어가 아니라 다소 낯설더라도 분석인이라는 명칭이 합당하다. 분석인으로서 분석을 실행하려는 의지는 물론 장래의 직업적 소망에 의해서만 생겨나지 않는다. 삶이 크게 망가졌는데, 너무나 고통스러워서 삶 전체가 부서져 멈출 지경인데, 혼자서는 도저히 그것을 고칠 수가 없는데, 그 고장과 고통은 함부로 드러내기 어려운 비밀이어서, 지인들의 호의가 아니라 신뢰할 만한 미지인의 전문적 도움을 요청하게 되는 것이다. 나는 십대 후반에 처음 접하여 이십대 동안 조금 더 공부해본 정신분석학이 내 삶의 고장을 고치는 데 유효할 거라 믿었고, 시간, 비용, 노고를 아주 많이 들여, 나와 삶의 관계를 분석 이전보다 확연히 낫게 바꾸었다. 그것은 전적으로 주관적인 경험이다. 정신분석을 경험한 이전과 이후를 비교하면 나와 삶의 관계는 나은 쪽으로 바뀌었건만, 그 불가역의 차이는 오직 나만 겪어 아는 것이어서, 정신분석을 비판하는 사람들에게 객관적으로 입증하기는 어렵다. 또한 인간이 자기에 대한 앎에 이르고 삶을 바꾸기 위해 시도하는 방법은 정신분석 외에 여러가지가 있고, 각자가 주체적 판단에 따라 자기에게 가장 적합한 방법을 모색하고 실행하므로 인간을 낫게 하는 것은 결국 특정 이론과 방법이라기보다는 그 주체성의 발휘이므로, 나는 정신분석 비판에 적극적으로 대응하거나 정신분석의 주관적 효능을 홍보하지 않는다. 단지 적절한 계기가 주어지면 내가 접한 정신분석 이야기를 조금 들려줄 뿐이다.

　분석 세션에서 분석인은 어떤 말이든 자유롭게 할 수 있다. 한다. 해야만 한다. 분석인의 말이야말로 분석에서 가장 중요한 질료이자 방법 자체다. 분석가는 사실 거의 아무 말도 하지 않으며, 당연히 분석인의 말에 조언, 평가, 해석도 할 수 없다. 분석인이 자기의 말에 귀를 기울이며 그것에서 전혀 인지한 적 없는 무의식의 요소를 발견하도록, 이따금, 말에 고유한 박자를 만드는, 작은 소음으로, 개입할 뿐이다. 말의 표면에서 무의식의 무늬가 둥둥 떠오르도록, 그것이 말이 되어 나오도록, 분석인과 분석가는 협력한다.

그러나 삶이 망가지면 말도 어딘가 망가지기 마련이어서, 분석인의 말은 순조롭게 짜이기는커녕 울음, 한숨, 비명으로 구멍 나고 끊어지기 일쑤다. 밀폐된 공간에 친밀하지 않은 타인과 단둘이 있는 상황에서 눈물이 흐르거나, 숨결이 토하듯 불규칙해지거나, 창피함도 아랑곳없이 소리를 지른다면, 적어도 몸은 억압받지 않고 감정에 따라 활동하고 있다는 증거이긴 하다. 그러나 침묵은 아니다. 카우치에 가만히 누워 있으면, 무슨 말을 해야 할지 모르겠고, 하고 싶은 말이 없고, 아무 말도 할 수 없다고 느껴지는 순간이 자주 찾아온다. 묵언, 정적, 부동. 침묵은 말이 제 갈 길을 못 내어 막힌데다 몸도 굳어 움직임을 멈춘 상태다. 침묵할 때 몸은 긴장하여 말뿐만 아니라 숨도 거의 멈춘다. 삶을 바꾸어 살려고 기어이 애쓰는 일이건만 죽음이 엄습한다.

이때 꿈 이야기는 침묵을 깨는 데 즉효의 방책이다. 최근에 무슨 꿈을 꾸었나요? 어제 이런 꿈을 꾸었어요. 분석실에 오기 전에 꾼 꿈 이야기를 편안하게 풀어놓음으로써 분석인은 침묵을 앞세운 죽음에 옴짝달싹 못하게 포획되는 대신 조금 더 지속가능한 삶 쪽으로 가볍고 다행한 발걸음을 이어나간다. 꿈을 실마리 삼아 말의 피륙 위로 무의식의 형상이 다시금 호흡하며 떠오른다. 그러므로 꿈의 말은 죽음을 삶으로 바꾸는 가장 수월하고도 아름다운 방책이다. 망가지고 멈춘 것을 고치는 데 가장 먼저 열어보는 응급 도구함이기도 하다. 꿈의 말을 이끌어내고, 풀어놓고, 들음으로써, 우리는 조금 더 산다. 그리고 낫기도 한다.

우리는 깨어 있는 동안 무수한 것들을 보고, 듣고, 느끼고, 겪고, 생각하고, 욕망하지만, 그 모든 것들을 선조적

시간순으로 통합하여 정확하게 기억하지 못한다. 의식에서 언어의 상징화 과정을 거치지 않고 감각에 직접 기입되는 정보도 상당하며, 인지했더라도 현상태의 안위를 위협하는 불안한 정보는 마치 없는 것인 양 거부하며 억압하기도 한다. 시간과 기억의 선이 깨지면서 사건, 감각, 감정, 생각, 말은 본래의 맥락에서 제각기 분리되어 편편이 부서진다. 정신분석 이론에 따르면, 이처럼 우리가 망각하거나 상징화하지 않은 사건과 체험의 부스러기들은 결코 무로 소실되지 않고 전부 무의식에 저장된다. 무의식은 상징화되지 못한 실재와 억압된 욕망이 지배하는 장소다. 말이 되지 않은 것들, 말하지 못하는 것들, 말의 바깥으로 쫓겨난 것들이 모인다. 욕망은 무의식 속 편린들을 재조합해서 자기가 실현되는 이야기를 창작한다. 우리의 은밀한 욕망이 지은 이야기는 의식의 억압과 검열이 느슨해진 잠을 틈타 비어져 나오고, 이야기의 옷조차 입지 않은 불안의 날카로운 편린도 그대로 튀어나오는데, 그것이 꿈이다. 그러므로 꿈은 우리가 각자의 고유한 체험을 질료로 하여 고유한 욕망을 가상으로 구현하는 연극이다. 일상생

활에서 간신히 억누른 불안, 걱정, 염려, 근심, 공포의 기원이 자신의 실재를 현시하는 난입의 무대이기도 하다.

따라서 아무리 기상천외하고 난데없을지라도 꿈을 구성하는 요소들의 원재료는 꿈을 꾼 사람이 체험한 사실에서 비롯된다. 위의 진주조개잡이 꿈도 그렇다. 꿈을 꾸기 전날 저녁에 나는 기후 변화가 제주의 생태계에 야기한 위기에 관한 짧은 다큐멘터리를 보았다. 해녀가 나와서 예전에는 바닷속에 물고기와 물풀이 많아서 같이 놀았는데 요즘에는 고기며 풀이 안 보인다고 증언했다. 그날 낮에는 바다의 님프 테티스가 물속에서 돌고래들과 노니는 고대 그리스의 도자기 그림을 보았다. 그리고 가장 결정적으로는 며칠 동안 신해욱의 『해몽전파사』 읽기에 골몰해 있었다. 흑진주씨가 나오는 꿈의 텍스트.

그렇다면 내 무의식은 이 세가지를 질료로 어떤 욕망 실현의 서사를 만들어냈는가. 우선, 현실에서 나는 수영을 잘하고 싶다는 욕망이 크나큰데, 꿈에서는 마치 해녀처럼 바다의 님프처럼 깊은 바닷속까지 거리낌 없이 잠수한다. 능숙하게 헤엄친다. 그리고 진주조개잡이가 되어 진주알을 흡족하도록 모았다는 것은 당연히 진주의 기표가 포진한 『해몽전파사』를 섬세하게 읽고 해설을 무사히 완성했을 근미래의 욕망을 미리 실현한다. 욕망은 늘 위법적이거나 은밀히 감추어야 할 필요 없이 이처럼 순박하기도 하다.

그런데 위의 꿈은 마냥 즐겁기만 한 게 아니다. 현실 세계에서 내가 깊이 의식하며 걱정하는 문제인 기후 위기와 생태계 파괴가 거의 그대로 재현되었다. 이와 비교할 수 없이 사적인 불안의 요소는 석회화된 하얀 조가비들이다. 패각류는 본래 석회 성분이건만, 꿈 이야기에 석회화라는 기표는 왜 잉여적으로 등장했을까. 조가비는 왜 살 없이 텅 비었을까. 나는 2019년 2월 1일에, 즉 꿈의 날짜에서 거의 정확히 일년 전에, 내가 받은 수술을 상기하지 않을 수 없다. 바닷속 인어가 가슴을 가리는 조가비. 나는 몇년 전부터 치밀유방을 추적관찰하느라 주기적으로 병원에 다니는데, 석회화되어 희게 보이는 조직이 예전보나 커서서 제거하는 편이 좋겠다는 담당의 소견에 따라 급하게 수술 날짜를 잡았었다. 부분마취 시술은 담당의와 농담도 주고

받을 만큼 편안한 분위기 속에 진행되었고, 궁금한 것 있으면 다 물어봐요, 저는 언제부터 수영을 다시 할 수 있을까요, 조직은 다행히 양성이었다. 나는 주변을, 특히 엄마를 걱정시킬까봐 수술이 끝나고 무사한 결과가 나오기 전까지는 의사인 동생에게만 비밀을 나누었다. 이후의 검진에서도 아직은 아무 이상 없다. 진주씨의 유방암 진단과 치료 경과를 염려하는 『해몽전파사』는 수술을 결정한 날부터 추적관찰을 계속 받을 내 생의 남은 날 동안 무의식의 밑바닥에서 굴러다닐 석회질 부스러기들을 일깨워 의식의 수면 위로 떠워 올렸다. 나는 나만의 외로운 불안을 다시 가라앉혀 덮고자 비겁하게도 인류 모두의 불안인 기후 위기와 생태계 파괴를 꿈에 불러냈다. 타인의 것과 호환할 수 없이 홀로 감당해야 하는 신체의 문제를 공동체의 삶에 대한 관심으로 승화하려 했다.

　왕십리 해몽전파사는 망가진 것을 고칠 수 있으리라 기대하며 찾아가는 곳이다. 정신분석실이 그렇듯. 헤어드라이어 같은 단순 가전제품을 수리하는 쇠락한 가게처럼 보일지라도, 날씨가 궂고, 일정이 틀어지고, 관계가 찢기고, 몸에 한기가 들 때, 그렇게 손상된 삶과 마음을 따뜻한 숨결을 힘차게 뿜어내는 작은 생물성 기계처럼 낫게 하려는 희망으로 들르는 신비로운 치료소다. 현실의 지도에 없는 주소, 꿈의 유토피아. 해몽전파사에서는 꿈의 말들이 떠돈다, 정신분석실에서 그러하듯. 차이가 있다면, 분석실에서는 분석인 홀로 꿈 이야기를 늘어놓지만, 해몽전파사에서는 이 장소에 들어오는 누구나 공평하게 꿈의 말을 더한다는 것이다.

분석 세션에서 분석인은 꿈을 꾼 주체로서 꿈의 말을 이어갈 뿐만 아니라 해석도 스스로 한다. 꿈의 원재료는 꿈을 꾼 사람만의 고유한 체험인데다, 역시나 꿈을 꾼 사람만의 것인 그의 고유한 욕망은 억압과 검열을 겪으며 체험의 원형을 파괴하고, 꿈은 시적인 압축과 치환을 통해 원재료와 딴판인 이미지와 이야기를 만들어내기 때문이다. 파괴, 변형, 새조직된 꿈의 기원과 무의식의 욕망은 꿈을 꾼 사람 외에는 아무도 모른다. 그것은 오로지 꿈을 꾼 사람만 더듬어 알아낼 수 있다. 타인의 꿈 이야기를 들거나 꿈 텍스트를 읽는 사람은 이 윤리적 한계를 명철하게 인지해야 한다. 꿈 이야기의 독자는 꿈 이야기를 쓴 사람의 욕망에 관하여 감히 안다고 아무것도 확언할 수 없으며 아무런 해석의 권한도 없다. 독자가 할 수 있는 최선의 작업은 꿈의 텍스트 표면에서 자기의 무의식을 움직이는 요소들을 감지하고 그것을 재료로 새로운 꿈을 꾸는 것이다. 꿈의 텍스트가 발휘하는 최고의 효과는 따라서 독자에게 새로운 꿈을 꾸게 하는 것이다. 진주조개잡이의 꿈처럼. 꿈의 말은 다른 꿈의 말을 불러낸다. 꿈꾸는 친구에게 다른 꿈꾸는 친구가 생긴다. 세계에 꿈꾸는 사람들의 작은 우정 공동체가 조직된다. 그것이 바로 해몽전파사와 그곳에 모여드는 사람들이 하는 일이고, 『해몽전파사』의 문학적 꿈이기도 하다. 『해몽전파사』를 비롯하여 모든 꿈의 문학이 독자에게 요청하는 바는 결코 '나를 해몽하라'가 아니다. '너 역시 꿈꾸라'이다.

해몽전파사에서 꿈 이야기를 나누는 사람들은 신선생, 흑진주, 설아씨, 삼월씨다. 꿈의 동료들. 이들은 각자 꿈을 구다가, 각자의 삶에 일어난 사건과 소식이 서로에게 크고 작은 영향을 미쳐, 그 영향 아래 새 꿈을 꾼다. 꿈 이야기를 나누는 행위에는 전파력 또는 감염력이 있다. 꿈 이야기는 듣거나 읽는 자의 무의식, 기억, 감정, 욕망을 활성화시켜서 그 역시 꿈을 꾸게 한다. 타인의 어떤 삶의 이야기도 마찬가지다. 해몽전파사 사람들은 꿈 이야기와 삶의 이야기를 공유하면서 그것을 재료로 꿈꾸기를 지속한다. 무엇인지 모를 욕망을 실현하는 잠 속의 꿈뿐만 아니라 현실의 삶을 더 나은 방향으로 바꾸려는 꿈. 개인의 건강과 경제생활의 차원에서나 공동체의 정치와 윤리의 차원에서나. 그것은 희망이자 실천적 의욕이다. 이들은 불안과 염려 속에서도 희망을 생성시키며 삶을 바꾸어 살려는 의욕과 용기를 낸다. 혼자가 아니라 같이. 여럿의 삶과 꿈에 공통의 기표들이 점점 더 많이 늘어나 순환한다. 여럿의 삶과 꿈이 서로를 격려하며 이끈다. 결과적으로 이들의 삶과 꿈은 점차 긴밀하게 엮이면서 『해몽전파사』라는 열린 공동의 텍스트를 짜낸다.

　나는 『해몽전파사』를 읽으며 현실 세계의 외부자로서

해설만 쓰기보다는 텍스트 내부 어딘가에 기거하는 가상의 인물로서 이들이 꾸리는 낭독회, 상영회, 세미나에 참여하려 했다. 자가제조한 상그리아를 들고 돌미나리라는 이름으로 꿈은숨 낭독회에도 기웃거렸을 것이다. 이들의 삶과 꿈에 영향받아 새 꿈을 꾸었다. 꿈을 구성하는 기표들을 늘리며, 천개의 꿈 수집에 나의 것도 더하며, 혼자만의 것이라 여긴 걱정과 불안을 공동의 삶 안에서 위안받고 같이 나아지게 하고 싶었다. 그것은 『해몽전파사』가 내게 새삼 일깨운 생의 욕망이다. 우리는 고립되지 않았다. 꿈으로 연대한다. 덧없는 허상이 아니라 염려하고 북돋는 동료애의 꿈으로.

신선생의 첫번째 꿈 이야기에서부터 나는 심히 영향받는다. 한파와 폭우가 동시에 몰아닥친 기상 이변. 그러고 보니 『해몽전파사』의 꿈들에서 날씨는 어쩌면 다 이럴까. 집이 잠길 만큼 비가 내릴지도 모른다. 눈송이에 발가락, 손가락, 배추벌레가 섞였다. 모래벌판에서 지열이 끓어 아지랑이가 피어오르는데 하늘에서는 함박눈이 내린다. 청습현상은 무한습도의 푸른 상태란다. 시적인 날씨의 현혹에도 불구하고 기후 위기에 대한 내 평소의 근심이 불안하게 생동하기 시작한다. 꿈에서만 연출될 법한 이상한 기상 현상들이 매년 매 계절마다 상상을 뛰어넘으며 현실 세계에 실제로 나타나고 있기 때문이다. 전지구적으로 재앙을 일으키는 기후 위기에 비하면 흑진주의 마마는 전혀 무서운 게 아니다. 치사율 높은 전염병일지라도 실제로는 이미 박멸되었으니까. 마마 병이 두렵다면, 마마는 엄마, 아마도 엄마의 병이어서가 아닐까. 엄마가 앓는 병, 엄마 때문에 앓는 병, 모성의 병, 여성의 병. 여성으로서 앓았거나, 앓고 있거나, 앓을 가망이 있어서 두려운 병들.

해몽전파사에 모이는 사람들은 거의 여성이다. 이들은 심각하거나 가벼운 병에 연루되어 있다. 흑진주는 유방암 판정을 받았고, 신선생은 독감에 취약하고, 설아씨는 어머니가 뇌졸중으로 쓰러졌다. 해몽전파사에서 키우는 알로카시아에는 응애가 끓는다. 응애는 아기의 울음. 모두 적절한 의료적 개입과 건강 회복이 필요한 연약한 생물체들이다. 이들의 삶뿐만 아니라 꿈에도 온갖 병증이 스며

들어 있다. 유모차의 아기는 이목구비가 얼굴 한가운데로 쏠려 함몰하는 클라인씨 병을 앓는다. 모두가 약지와 중지가 달라붙은 나나핑거 병에 걸렸다. 굴다리 아래 아이들은 입에 하얀 거품을 물고 쓰러졌는데, 그것의 병명은 구강탁본이다. 청색증은 꿈속의 풍토병이라는데, 그런 병이라면 기꺼이 감염되기 위해서라도, 나는 언젠가 네 꿈의 영토에 잠입해야만 하겠다.

병은 불안과 염려를 야기한다. 또는 불안과 염려의 보다 깊숙한 원인이 병을 외피로 하여 꿈에 등장하기도 할 것이다.『해몽전파사』에 지배적으로 드리운 감정은 진주씨의 건강에 대한 신선생의 염려인데, 설아씨의 어머니의 급작스러운 뇌졸중 소식은 독자에게도 걱정을 배가시킨다. 엄마의 병, 모성의 병, 여성의 병. 우리도 나이 들어가며 언젠가 맞닥뜨릴지 모르는 병들. 밤에 생리혈이 새서 잠을 깬다거나 생리대가 없어서 고초를 겪는 꿈을 꾼다면, 물론 불편하고 불쾌하지만, 여성 신체가 주기에 맞추어 정상적으로 활동하고 있다는 증거이므로, 보다 심층적으로는 젊음과 건강의 욕망이 좌절되지 않은 차라리 안

심할 만한 상황인 것이다. 이때 해몽전파사의 여성들은 병의 현실 앞에서 수동적으로 근심하느라 마음을 소모하는 대신, 염려를 타자의 생에 대한 낙관의 기원과 연대적 돌봄의 윤리로 승화한다. 신선생은 진주씨가 입원한 동안 해몽전파사의 일과를 주체적으로 꾸려나가고, 설아씨는 베트남 출신 어머니를 간병하면서 어린 날 문화적 차이에서 비롯된 어머니와의 불화를 반성한다. 두 여성은 엄마가 나오는 꿈 이야기와 엄마 이야기를 주고받으며 진주씨의 병문안을 간다.

『해몽전파사』에서 염려 위에 한겹 더 짜인 정서는 의욕이다. 의욕은 나은 미래를 꿈꾸는 경쾌한 마음이다. 의욕이 충만한 상태에서 가장 즐거운 것은 온갖 사소한 계획들을 구체적으로 구상할 때다. 계획이 사소하고 구체적일수록 실천은 오히려 쉬워지고, 백일몽은 현실로 성취될 가능성이 높아진다. 천개의 꿈을 모으는 날까지 생을 지속하려는 진주씨의 의욕과 해몽전파사와 꿈은숨 출판사를 꿈의 시공간으로 아기자기 운영해보려는 신선생의 의욕은『해몽전파사』를 밀고 나가는 힘이다. 『해몽전파사』

로 인해 우리는 다시금 확신한다. 꿈의 말은 삶을 이끌어 계속 살게 한다는 것을. 그리고 그것은 개인의 안위를 넘어 공동의 생에 연대하는 힘으로 작용한다는 것을. 진주 씨가 부디 건강하기를. 신선생, 무엇이든 언제나 응원해.

尹慶熙 | 문학평론가

2017년 봄, 서울 문래동에 있는 재미공작소에서 강독회 제안을 받았다. 주제 도서 한권을 정해 참석자들과 이야기를 나누는 프로그램이었다. 처음엔 나쓰메 소세키의 『몽십야』를 염두에 두었는데, 이참에 직접 기록한 꿈 일기를 읽어보면 어떨까 하는 생각이 스쳤다. 친구 세명에게 공동작업을 하자고 연락을 했다. 명색이 '책'을 읽는 자리인지라 나를 포함한 네명의 꿈을 모아 부랴부랴 소책자를 만들었고 표지에 '꿈은숨'이라는 제목을 달았다. 첫번째 몽몽교환 프로젝트. 그 모임으로부터 『해몽전파사』가 출발했다.

　소설이 될 줄은 몰랐다. 지금도 이 책에 박힌 '소설'이란 글자가 머쓱하게 다가온다. 〔문학3〕에서 연재 제안을 받았을 땐 꿈만 줄줄이 늘어놓을 생각이었다. 막연히 나는 꿈을 모으고 정리하는 작업을 이어가고 싶었다. 오랫동안 꿈 일기를 써왔고 몇몇 꿈은 내 시의 모티프가 되었지만 그것만으로는 성에 차지 않는 데가 있었다. 꿈을 글감으로 삼는 대신, 꿈을 꿈으로서 존중하며 이쪽 세계로 옮겨와 다른 이들과 공유하고 싶었다.

　온라인 연재라는 형식을 진지하게 고려하고서야 꿈의 나열 외에 모종의 장치가 필요하겠다는 생각이 들었다. 장치를 궁리하다보니 시공간이 생기고 하나둘 등장인물이 생겼다. 희미한 이야기가 생기고 천개의 꿈이라는 목표도 생겼다. 가볍게 프레임이나 두를 작정이었는데, 프레임이 점점 두껍고 무거워져서 당황스러웠다. 책임감을 요구받는 느낌이었다. 어쩌자고 뒷감당도 안 될 일을 벌인 걸까 후회가 들기도 했다.

　아직 954개의 꿈을 더 모아야 하니 목표까지는 한참 멀었다. 그러니까 이 책에 담긴 건 고작 해몽전파사의 프롤로그일지도 모른다. 여하간, 가게의 문을 열고 말았다. 나는 내가 쓰지 못한 이다음의 이야기가 궁금해진다. 앞으로 모일 954개의 꿈을 들여다보고 싶어진다. 또 진주씨의 건강과 해몽전파사의 밝은 미래를 위해 기도하고 싶어진다. 이 책과 인연을 맺는 분들도 진주씨의 쾌유를, 설아씨와 삼월씨와 내가 천개의 꿈을 다 모으는 날을 기다려주셨으면 좋겠다.

꿈은숨 낭독회는 지금까지 세번 열렸다. 낭독회를 함께 꾸린 강성은, 윤경희, 지지님에게 깊은 우정의 마음을 전하지 않을 수 없다. 2017년 7월 26일, 서울숲 공원의 두번째 낭독회에 꿈결처럼 다녀간 사월님에게도 이 책이 닿았으면 좋겠다. 언제나 내 글의 첫번째 독자가 되어주는 소중한 동지 이장욱은 이번에도 모니터링의 수고를 마다하지 않았다. 편집을 맡아 세심한 의견과 조언을 건네준 한인선, 이선엽 두분께는 언젠가 해몽전파사에서 보낸 초대장이 도착할 것이다. 2019년 겨울의 끝에서 봄이 한창일

때까지 이 책의 원고를 썼다. 그리고 지금, 다시 겨울의 끝에서, 꽃샘추위와 봄눈을 기다리고 있다.

꿈을 꾸었다.

못을 뽑았다. 못함의 못을. 꿈이 아닐 수 없는 꿈으로부터.

2020년 2월

신해욱

해몽전파사

초판 1쇄 발행 / 2020년 2월 29일

지은이 / 신해욱
펴낸이 / 강일우
책임편집 / 한인선
조판 / 한향림
펴낸곳 / (주)창비
등록 / 1986년 8월 5일 제85호
주소 / 10881 경기도 파주시 회동길 184
전화 / 031-955-3333
팩시밀리 / 영업 031-955-3399 편집 031-955-3400
홈페이지 / www.changbi.com
전자우편 / lit@changbi.com

ⓒ 신해욱 2020
ISBN 978-89-364-3439-7 03810